集英社文庫

メランコリア

村上　龍

集英社版

メランコリア

飛行機には何かの団体の客が乗っている、中年の男女の団体だ、そうだな、ステイタスのある連中だよ、広告代理店とか銀行とかじゃなくて、現実的に、直接的に価値のある奴らがいいんだ、一番わかりやすくてぴったりなのはやっぱり医者だろうな、それもスペシャルな技術を持った奴らがいいんだ、心臓外科手術の権威、そういうのがベストだ、客はそういう奴らでほとんどチャーターされている、ってことは学会か何かがあったってことだ、そういう連中は学会の大切なコンベンションを大都会ではなくて、リゾートでやることがある、ハワイとかバハマとか、あるいはアリゾナのスキーリゾートとかな、リゾート側も大量の上質な客が宿泊したり、権威のある学会のコンベンションが行なわれたりすると、観光地として、またホテルとしての格が上がるので、大歓迎なわけだよ、飛行機会社も同じで、八十席のビジネス・クラスと、十数席のファースト・クラスのチケットをディスカウントして提供したりするもんだ、そういう便にはエコノミー・クラスがひどく少ない、東京―ニューヨークの便も同じだけど、エコノミー・クラスの座席が少ないというのは大切なポイントになるだろうと思った、乗り込む飛行場は南の島がいい、みんなが開放的な気分になっているからだ、カリブ海の南にバルベイドスという島がある、ベネズエラのすぐ北で、トリニダード・トバゴの傍だが元は英国領だからリゾートとしては超一流だ、すばらしく立派なホテルもあるし、肝心の飛行場も規模としては適当だ、人口が少なくて観光の他に砂糖や鉱物資源、それにタックス・ヘブンの投資銀行を誘致していることもあって、スラムはもちろんなく、カリブの他の島々と比べても治安がとび抜けていい、リゾートとしての設備や対応がほぼ完璧に整備されていて、犯罪が少ないために警察力は弱い、というわけだ、物語の発端としてはまさに最適地と言えるかも知れない、バルベイドスを訪れるアメリカ人のツーリストはそのほとんどが金持ちだ、中流の奴らはバハマとかメキシコのカンクンでお茶を濁すんだ、そこもポイントだ、航空会社はずっとパンナムが入っていたが、他の路線と同様にここでも競争に負けて撤退し、今ではエア・カリブがメインになっている、バルベイドスとニューヨーク間を週三便が往復しているわけだ、DC10でもB747でもそれはどちらでも構わないが当然ジャンボだろう、そうなんだ、バルベイドスが最適地だ、あいつの登場は少し遅れる、何たって主役だからな、ファーストシーンはバルベイドスのブリッジタウンから南へ十数キロ下ったところにある名前もないような小さな港なんだ、月が出ている、絵に描いたような満月だ、大昔のハリウッドの映画みたいに昼間に露出を絞り込んで、いわゆるツブシで撮影するようなことは絶対にしない、本当に深夜に撮る、しかも高感度フィルムではなくデイライトのフィルムを使って、ライトもほとんど使わない、カメラはブロウアップが可能なフランス製のスーパー一六で、F値が一・一というツアイスの二五ミリレンズを通常装備している、小さな港はまるでゴーギャンの絵のような世界なんだ、満月と、小さな入江、月の光を映して揺れる海面、横たわるライオンとかそういったものに似た形の大きな岩、逆光になって輪郭をくっきりと浮かび上がらせた椰子《やし》、月明かりだけの夜でさえその眩《まぶ》しいほどの白さがわかる砂浜、シンプルな造りの木の桟橋、やがて入江の向こう側からヨットが現れる、キャビン付きの大型ヨットのベッドでロストバージンを迎えたいと思っている日本のバカ女が見たら口とおまんこからヨダレを垂らしてしまうような導入部なんだよ、タイトルバックにもなるそのファーストシーンをオレは何十回と思い描いたもんだ、ヨットは何て言うかただれた感じの例えばキャビアとかフォアグラが腐ったような雰囲気で、入江全体に拡がった水面の月明かりを突き崩しながら進んできて桟橋に着き、そこはプライベートビーチで、数人の黒人が荷物を受け取りに砂浜を歩いてくる、建物はシルエットになっているが、ビクトリア風のどでかいやつだ、黒人達が木箱を二つ桟橋から抱えて砂浜をまた戻って来る、そこであいつが初めて映画に登場する、ただし後ろ姿だけどな、登場の仕方としては、フレームインよりも、カメラが召使いの黒人達につけてパンするとそこにあいつが立っているということになっただろう、彼女の後ろ姿はそれはすばらしいものだ、今思い出しても腰骨のところが震えてしまうよ、ヨットはすでに桟橋を離れて沖合にいる、椰子林の陰で彼女は木の箱を一つ開けてみる、中身を取り出す、月明かりにそれが浮かび上がる、奇妙な形の散弾拳銃、それと体長五十センチほどの亀の剝製だ、そこでファーストシーンが終わる、次は空港から始まる、亀を持った日本人の女が大股《おおまた》で歩いてくる、日本人にしては身長が高い、一七五といったところだろう、尻がツンと尖《とが》って上がっているのでまわりの人間はたいてい振り向いてしまう、ファッションはラフな感じだがきちんとしている、単なる観光客ではないことがわかる、鮮やかな色のバミューダショーツとプレーンホワイトのTシャツ、その上にいかにも着心地の良さそうな素材とデザインのベージュのジャケットを羽織って、パンプスを履き、しっかりした作りの革のハンドバッグを持っている、ハンドバッグはニューヨークのデザイン事務所に勤めるキャリアウーマンが持っているようなもので、ジャケットやパンプスと同系色の、書類が皺《しわ》にならないように収められるアタッシェ型だ、髪はまとめて上にあげてつばの広い帽子に隠れている、大きめのサングラスをかけて、化粧はほとんどしていない、口紅もつけていない、年齢はよくわからない、その野生動物を思わせるしなやかで大柄なからだつきから十八歳のようにも見えるし、落ちついたファッションとものごしから三十歳過ぎのようにも見えるし、彼女は四人の連れを従えていて、そのうちの二人が女性、残りが男だが、五人は大声で騒いだり笑い合ったりしていない、男達二人もラフな夏用のスーツを着ていて、二人の女もきちんとジャケットを肩から羽織っている、彼女だけが日本人だが、その身長とムードは明らかに五人の中のリーダーであることがわかる、彼女は、亀の剝製を、小脇に抱えている、その亀はバルベイドスの近海だけに棲息するミドリイシガメで、当然ワシントン条約の輸出入規制対象に入っているものだ、女は、仲間達からはユカと呼ばれていて、海洋学者を自称している。

バルベイドスの空港は、税関と出国管理の間に手荷物検査がある、税関は、ミドリイシガメを小脇に抱える日本人の女に事情を聞くことになった。女はパスポートとＩＤカードを見せる。当然二つとも偽物だがどこに問い合わせても確認は得られないようになっている。女は、日本の大学が発行した和文と英文の身許保証書と、ミドリイシガメに関する輸出入の特別許可申請書を税関職員に見せた。書類は他にもあって、それは分厚い束になっていた。ベネズエラの海洋学者による紹介状、バルベイドス政府観光局によるミドリイシガメの捕獲許可証、アメリカのフロリダ大学の海洋学研究所発行の、アメリカ税関にあてたミドリイシガメ輸入許可申請書、ニューヨーク州の環境保護団体によるバルベイドス政府への公式な書簡、その他にも十数枚あった。

バルベイドスの税関はそういう書類には慣れていない。アメリカ本土から遠すぎて、南米からのコカインの中継基地にもなっていないので、職員の数も少ないし、何か問題が起きた場合の処理には恐ろしく時間がかかってしまうのだった。

すべての書類を読むだけで一時間近くかかってしまった。エア・カリブのグラウンド・クルーが、出国手続きを済ませてラウンジに待機するように、と何度も税関のオフィスに顔を出して、もうこれ以上はどこにも肉のつきようがないというくらい太ったオフィサーは、「わかってる、飛行機には必ず乗せるからそうやって何度もここに顔を出すな！」と怒鳴った。

ユカと呼ばれる日本女性は、錆《さ》びたパイプ椅子に坐り、サングラスと帽子をとって、一言も発しない。堂々とした態度を崩さず、忍耐強く書類が処理されるのを待っている。他の仲間達もユカの後ろに並んで立っていて、時折そのうちの一人が苛立《いらだ》って何かを言おうとするが、その都度彼女が「まあ、落ち着きなさい、そのうち終わるわよ」というように優しく制した。

税関オフィスは冷房があまり効いていなくて、黒人の職員達はからだ中から汗を噴き出させている。天井にある三枚羽の扇風機が間が抜けた感じで回っているが、それは澱《よど》んだ空気を掻き乱しているだけだ。ユカは汗をかいていない。両足をきちんとそろえ、背筋をピンと伸ばして坐り、かすかな微笑《ほほえ》みを浮かべて税関職員達を見ていた。ニューヨーク便の出発時刻が迫ってくる。

そして、ふいにユカが立ち上がって、静かな口調で言った。滑らかな英語だった。

「オフィサー殿、わたし達はどうしてもニューヨークへ行かねばなりません、その亀を重要な研究材料として大学へ持ち帰ることもわたしの大切な仕事であり、もしそれができない場合は、責任の所在を明らかにする必要があります、重ねてお願いいたしますが、もしその亀をこの税関で、保管留置なさる場合、ただちにその旨を、書類にして下さい、わたしはその書類を、わたくしの大学、フロリダ大学、アメリカの税関、ここの、つまりバルベイドスの政府及び観光局、ニューヨークのテレビ局や雑誌社などに、見せなくてはなりません」

オフィサーの表情が変わった。世界中ほとんどどこでも同じだが、税関の責任者は、結局責任を回避することだけを考えているのだ。ユカはまず強いプレッシャーをかけておいてから、次に責任を逃れる方法を与えてやった。

「出発の時刻も迫っております、こういう方法はどうでしょう、この亀は、現在このカリブの南海域に二百匹以下という危機的な個体数であることが確認されております、わたしは、ここに一種の借用証を用意しております、キングスブリッジ海洋博物館館長のサインもあります、わたしもこうやって既にサイン済みです」

ユカはその一枚の書類を、オフィサーの前に置いた。

「これをお持ちになれば、二年以内に、研究が終わればこの亀がバルベイドスに戻ってくることがおわかりになると思います、誰もオフィサー殿を責めることはできないでしょう」

さらにユカは、バッグから灰色の上質な紙の封筒を取り出して、オフィサーに差し出した。中には折り目のない百ドル紙幣が五枚入っていた。

「勘違いしないでいただきたいのですが、これは大学の正当な予算内で支払われる二年間のギャランティの一部です、博物館の責任者の方にもお支払いいたしました」

それですべてが一挙に解決した。オフィサーはこれ以上に太れないというからだを揺らして、自ら五人を先導した。エア・カリブのグラウンド・クルーは、五人に、走ってくれ、と促した。手荷物検査場では、亀だけは検査を免れた。オフィサーがそれを抱えていたからだ。オフィサーがそれを手荷物検査のベルトコンベアに乗せるのではないかと、ユカと五人の仲間の顔に緊張が走ったが、誰もそれに気付くものはいなかった。

五人はそうやって、息を切らしながらゲート前の出発ラウンジまでやって来た。ボーディングまであと五分だった。オフィサーは、ユカに亀を手渡し、キスを交わして、手を振りながら去っていった。

ラウンジには二百人を超える中年の男女がいた。学会を終えてニューヨークに戻ろうとしている心臓医学の権威達である。この中でユカのグループは明らかに異質だった。違う匂いを発していた。二人の女は、ブロンドとブルーネットで、それぞれドイツ系とラテン系だろう、二人ともユカよりは身長が低いが、均整のとれたからだつきで、やはり化粧をほとんどしていない。二人の男は、共に顎《あご》と口にヒゲを生やしていて、長距離走を趣味にしている大学職員という感じだ。五人は、ラウンジに入るとすぐ売店から買ったコーラで乾杯した。

中年の男女は亀を抱えたユカに注目していた。長い脚を組んだユカは圧倒的な存在感を示している。周囲にいる中年の医者達は、みな眩しそうにユカを眺めている。彼らの妻達がとっくになくしたものをユカはすべて持っているかのようだった。皮膚の張り、肌の滑らかさ、ひきしまったウエスト、尖って突き出した乳房、ツンと上がっている尻の肉、そういったものである。ユカには、気軽に話しかけるのをためらわせる何かがあった。とり澄ましたノーブルなムードの他に、目の奥に強い輝きがあったのだ。その輝きの正体に気付くものは誰もいなかったが、サングラスを外したユカとまともに目を合わすと、誰もがすぐに視線をそらしてしまう。

ラウンジですぐ後ろに逆向きに坐っていた一人の医者が、ユカに話しかけた。頭はやや薄くなっているが、がっちりとした肩の筋肉を持つ四十代後半の男だ。仕立てのいいサマーウールのスーツにラルフローレンの上品な色のポロを合わせている。自信のかたまりのように見える男だった。

「失礼だが」

と、笑みを浮かべて、肩越しにユカの方を見ている。

「その、亀について、二、三質問をさせて貰《もら》ってもいいだろうか？」

ユカはゆっくりと振り向いて、どうぞ、と応じた。まわりの医者の妻達が嫉妬で思わず目をそらすほどの、優雅でセクシーな動作と、声だった。

「珍しい亀なのだろうか？　実は、わたしは医者なのだが、人間の、それも心臓が専門なものでね」

そこまで言って、医者は笑った。成功した人間の笑顔とはこういうものだ、というような笑いだった。

「亀には詳しくはないのだよ」

海洋生物に御興味がおありなのかしら？　とユカはわざと抱いた亀を大切そうに隠しながら言った。

「好奇心が強い方でね、亀だけではなくいろいろなものに興味がある、こうやって、同じ便に乗り合わせるという偶然で言わせて貰えば、その、何て言うか、あなたと亀の関係に興味があるというべきなのだろうが」

この亀の中には、とユカは真剣な表情になり、ミドリイシガメの頭を見ようによってはエロティックに撫《な》でながら言った。

「この亀の中には、わたしがこの世で最も愛するものが詰まっているのよ」

「ほう、それはぜひ、聞きたいな」

「専門外の人にとっては、ただの、爬虫類の乾燥した細胞にすぎないのですけどね」

「特別な、亀なのかな？　その、わたしが言う意味を理解して貰えるかな？　ダーウィンにとっての、ガラパゴスのゾウガメと同じような意味なのだろうか？」

そうねえ、とユカは下を向いて、学者のような顔付きを、演技した。

「そうねえ、ディテールを話して、あなたが理解するしないということではないのです、ダーウィンにとっての、ゾウガメとは少しニュアンスが違うと思うわ、もっと、ダイレクトで、哲学的なのよ、研究の貴重な材料というのはそういうものでしょ？」

そう言ってユカがニッコリと笑うと、まったくだ、と医者はうなずき、そのうち、ボーディングの案内が始まった。最初はファースト・クラスの客からだ。じゃあ、失礼、と医者が立ち上がると、わたしもなの、とユカも亀を抱いて、四人の仲間に手を振って、機内へと乗り込んでいった。

離陸して、水平飛行に移り、スチュワーデスがアペリティフの注文をとりに来た時、ユカは、ミドリイシガメをひざに載せ、甲羅に手をかけた。まわりの客達は、何事が始まるのかとユカの手許を見ていた。通路にはいつの間にか四人の仲間達が集まってきている。ユカは手に力を入れた。マニキュアのない指が美しく緊張して、両方の腕の血管が浮き出る。ふいに、甲羅が、何かがきしむ音をたてて亀から剝がれた。内部には、ビニールと発泡スチロールが詰まっていて、その中を探り、ユカは、四人にそれぞれ一個ずつ金属製の丸いボールのようなものを渡した。

「それは、何？」

と、ユカの隣の女性客が聞いた。黙れ、とユカは、その女性に今までとは違う声で命令した。バッグの底を破って、プラスチック製の散弾拳銃を取り出し、言った。

「あの丸い金属のボールは、旧ソビエト製の、対戦車用の、特別な手榴弾だ、もう私語は許さない、この飛行機はたった今、ハイジャックされた」


ミドリイシガメの甲羅の下には、計十一個の対戦車グレネードが隠されていたのだった。破砕性のものではなく、強大な衝撃を起こして戦車内部の乗員を殺傷するタイプの手榴弾で、主に旧ワルシャワ条約軍で使用されていた。もっとも、手荷物検査用の金属探知機でチェックされたとしても、手榴弾として発見されたかどうかは疑わしい。その、テニスボールよりひと回り大きい球型のグレネードの外殻には強化プラスチックが使用されていたからだ。

分解された散弾拳銃は皮革製のアタッシェケースの底に隠されていたが、それはハイジャックには最適の武器だった。銃身、遊底、グリップなどは強化プラスチックで作られている。プラスチックなのでライフリングをほどこすのは無理だ。徹甲弾は使えないし、また爆発力の大きい新式火薬も使うことはできない。だが、それらは欠点というよりも、むしろ長所なのである。徹甲弾は、金属探知機を作動させてしまうし、新式の火薬は銃弾がそれた場合、機体を貫通し気密性を破壊してしまうからだ。散弾の実包の、徹甲も薬莢《やっきょう》もプラスチックで、雷管だけは金属を使っているが、アルミなので不用意に電界を乱すことはない。

ユカの隣、すなわちファースト・クラスの1―Aの女性客は、独身の医師だったが、「ハイジャックされた」と聞いても、驚いた表情は見せなかった。リアリティがなかったからだ。ユカが散弾拳銃を組み立て、「じゃ今から、コクピットへ行って機長に詳しい説明をしてくるわ」とにこやかに言っても、「あら、そうなの」とうなずくだけだった。五十代後半の、いかにも温厚そうな銀髪の女性医師は、ハイジャックという言葉を耳にし、実際にテロリストからその武器を見せられても、リアリティを感じることができなかった。人間の心理とはそういうものである。信じたくないことがらは最初必ず悪夢から醒《さ》めた直後のような曖昧《あいまい》さを持っている。

まだベルト着用のライトが点《つ》いていたが、ユカは立ち上がって、席から離れた。他の客達はほとんど関心を示さない。だが、一人のパーサーが彼女に寄って来て、席に戻るように、とていねいな言葉遣いで言った。ちょうどよかった、とユカは左手のグレネードと、右手に握った散弾拳銃を示した。

「コクピットに案内してちょうだい、これは本物の、特別なグレネードなのよ、五十メートル以内のどんな人間も殺すことができるし、機体を簡単に吹きとばすこともできる、ねえ、わたしの目を見てごらんなさい、何か、欲情してるような目でしょう？　濡れていない？　ね、濡れているでしょ？　そうなの、実際わたしは今欲情しているのよ、でも勘違いしないで欲しいんだけど、欲情しているからって、わたしはミスはしないわよ、この信管はわたしの手を離れると三秒後に作動するようにセットされているの、言ってる意味はわかるわね？　何人かでわたしを攻撃してからだを押さえつけても意味がないってことよ、わたしの仲間達も、今、準備に入っていて、機長との話し合いが終われば、全員一斉に各部署につくことになっているの、わかって貰えるかしら、わたしはそういう状況すべてに対して欲情しているのよ、欲情したわたしを見ることができて光栄だと思いなさい」

光栄だと思いなさい、

光栄だと思いなさい、

光栄だと思いなさい、

光栄だと思いなさい、

光栄だと思いなさい、

光栄だと思いなさい、

光栄だと思いなさい、……

その男は、「光栄だと思いなさい」というユカの台詞《せりふ》を、ほとんど無限に続くかと思えるほどに繰り返した。

なぜこの伝説となった男は、わたしにすべてを話す気になったのだろうか？　男は、二年間ニューヨークでホームレスの生活をしていて、二、三度日本のジャーナリズムをにぎわせた。もともとはミュージカルや映画のプロデューサーだが、正統的な人間ではない。正統的なんて変な言葉だが、つまりこの日本に比較的古くからある伝統的な縦組みの社会には属していなかったということだ。

この国には階級がないなどといわれているが、そんなことはない。例えばこのわたしだが、別にぜいたくに育てられたという記憶はないが、父親が旧財閥系の商社マンで、母親は声楽家だった。ミッション系の私立校に通い、高校の後半から大学までボストンに移り、当時から文章を書いていて、二十代の前半に初めて本を出した。内容はアメリカとカナダの日系三世についてのルポルタージュで、父親が勤める商社の出版部門から本にして貰った。もちろんコネはあったが、出版の担当者に会って、コピーを読んで貰うことができた、というだけのことだ。

実際にモノを作る連中には、わたしのいうある階級に属する人間は少ない。だが、さまざまな意味で、プロデュースする人間達は、コネクションを使うために階級が有利になることがある。例えば、主にクラシック音楽のプロモーター、ファッションや料理界の仕掛けをする人々、老舗《しにせ》の出版社の編集者、メジャーの映画会社のプロデューサー、メジャーなレコード会社のプロデューサーとディレクター、有名な画廊の社長、代理店の中枢にいる連中、テレビ局の局長クラス、そういう人達だ。

彼らはキャッシュを持っているわけではない。だが例えば祖父が残してくれたという別荘や、会員権や、銀行からの信頼や、ある独特なニュアンスの言葉づかい、それに強力なコネクションを持っている。わたしはそういう連中の若い一員なわけだが、もちろん彼らに全面的な敬意を払っているわけではない。

それどころか、日本という国をダメにしている理由の七割から八割はそういう階級の保守性にあると思っている。連中には、有形無形の信頼というはっきりとした守るべきものがある。保守的で当然なのだ。力は持っているが、何かを変えるようなことは起こせない。

今、わたしの目の前にいる男は違う。わたし達はニューヨークのアップタウンにあるホテルのバーラウンジで小さなテーブルをはさんで向かい合って坐っている。会うとすぐに男は、サクライレイコ、という女優について喋《しゃべ》りだした。サクライレイコを主演に作るつもりだったという、日本人の女性テロリストを主役にした映画の話。わたしが、自己紹介をすると、すぐに喋りだした。わたしは、まず最初に、ホームレスになった動機を聞こうと思っていたのに。

男は、ヤザキという名前だった。二年間、ダウンタウンのホームレスとなって隠遁し、つい最近、インディペンデントの本当に小さな映画をプロデュースして、久し振りに表の世界に再登場してきた。イーストヴィレッジに、デスク一つと電話だけというような感じのエージェントがあって、連絡すると、あっさりインタビューのアポイントがとれた。

わたし達はまだ飲みものの注文さえしていない。「光栄だと思いなさい」と何度となく呟《つぶや》いた後、ヤザキは急に黙ってしまった。私はコーヒーを二人分注文した。少し陽が傾いてきたが、まだアルコールを飲む時間ではない。

ヤザキはうつむいて、顔を上げようとしない。四十代に入ったばかりと聞いていたが、年齢はよくわからない。光線の具合と表情によっては三十代そこそこにも、また五十過ぎのようにも見える。平凡なデザインだが、良い生地のスーツとタートルネックのシャツを着ている。女性ハイジャッカーの映画についてかなり長く細かいディテールまで喋ったが、ファナティックではないが何かに憑《つ》かれたように、口から泡をとばして、一方的に話す、といったものではなかった。だからといって、淡々と、もの静かに話したわけでもない。喋りたくてたまらなかったのにその機会を得られず、長い間我慢してきて、ついに耐え切れずに、何百回と自分の中で繰り返してきたことが、まるで独立した生きもののように口から言葉となって流れ出る、そんな感じだった。それは、極めておだやかに話されたにもかかわらず、熱を帯びていて、非常に下品な印象をわたしは持った。階級を意識したりしたのもそのためだ。恐ろしく無謀で、守るべきものが何もないと、証明しているようなものだった。無謀で下品だといっても、もちろん礼儀を欠いているという意味ではない。口調が乱暴だというわけでもない。ヤザキは、自分自身よりも大きな何かを背負っているようだった。それはたぶん、自分自身というものを持っていない、ということなのかも知れない。自分に属する、あるいは自分が属する、何ものも持っていないということ、具体的に言えば、会社、家庭、宗教、信条、コネクション、そういったものだ。もし本当にそうなら、ヤザキはひどい孤独に耐えているはずで、そういった人間は、当然のことながら、欲望が大きい。その欲望が、その人間を下品に見せるのである。

ヤザキがわたしを見た。わたしの目的がインタビューだということは当然知っている。わたしが何者かということはまだ知らないはずだ。わたしは名刺を出し、名前を言っただけだった。それだけで、猛烈な勢いで、女性ハイジャッカーの映画について喋り出したのだ。

「すまん」

と、ヤザキはわたしの目をまっすぐに見て、言った。

「何か、ムチャクチャな勢いで喋ってしまった、オレは普段はそういうことはやらないんだ、何か聞きたいことがあるわけだろう？　それを聞いてくれ、答えられることだったら何でも喋るよ」

ヤザキはそう言って笑った。全体的にクリアな印象の顔立ちで、不健康な様子はないが、目だけが充血している。酒か、麻薬を定期的に長くやり続けた人間はそうなる。

わたしはまだ自己紹介もしていませんし、何のためのインタビューかということも言っていません、とわたしは言った。

「そうだった、じゃあ、それを聞こう」

ヤザキはわたしを促すように微笑んだ。危険な微笑みだと思った。わたしはまだ実際に付き合ったことはないが、世の中にはそのての微笑みを自然に身につけた男達がまれに存在する。以前取材した日系三世のカナダのアイスホッケー選手がそうだった。意識して、そういう微笑みを手に入れることはできない。ふいに緊張が途切れて、真空のような状況が生まれ、その種の微笑みが発生する。他の女はどうなのか知る由もないが、わたしはそういう微笑みが一番困る。からだがちょっと妙な感じになってしまう、大げさに言うと、濡れてしまうような感じだ。

わたしは自己紹介と取材の意図を話した。現在日本のある女性誌に連載のコラムを持っているということ、しかしこのインタビューはその雑誌とは関係がないということ、現代アメリカを十名ほどのインタビュー構成で描くつもりであること、その中で日本人は三人だけだということ、最後に、謝礼についても話した。

インタビュー終了時に五百ドル、本ができ上がった時にさらに五百ドルという風に考えています、それで、いかがでしょうか？

「わかった」

とヤザキはうなずいた。

「じゃあ、始めよう」

わたしは、テープレコーダーを回す許可を得て、メモを録《と》るノートを開いた。

ホームレスの人々と一緒に暮らしていたというのは本当ですか？

「真実だ」

それはいつ頃のことで、どのくらいの期間ですか？

「三年前だから、九一年から、確か春だったと思う」

ホームレスとして暮らす必然性がなかったという風にも聞いていますが、

「必然性？」

ホームレスを演じていたというウワサも耳にしました、

「金が無くなったわけではない、でも、誰にだってこういうことはあると思うんだが、オレは自分で自分を制御できないくらいに、絶望していたんだ、物理的に、自分を貶《おとし》めたいと思った」

わたしは迷った。このインタビューで明らかにしたいのは、日本人がニューヨークまでわざわざやって来て、ホームレスになってしまうという社会的な動機だった。語られるべきは、ホームレス、という意味なのである。だが、ヤザキは明らかに別のことを語ろうとしている。それを聞くべきだろうか？　また、どうしてわたしのインタビューを受ける気になったのだろうか？

お願いしておいてこんなことをお聞きするのは大変失礼なのですが、どうしてわたしのインタビューを受ける気になったのですか？

「傷が、癒えたことを確認したかったからだ」

そう言ってヤザキはぞっとするような表情を見せた。

傷？

「そう、その傷が原因で、オレはホームレスになろうと思ったわけだ、その傷が、癒えたと思って、ホームレスも止めたし、映画を作った、だがあなたに会って、自分でもびっくりしたよ、あんな感じでレイコのことを喋り出すなんて、本当にびっくりした」

わたしも驚きました、そう言うと、ヤザキは何度もうなずいた。

「昔、オヤジから聞いた話を思い出すよ、オヤジは市役所に勤めていたんだ、オヤジの親しい友人に、分裂病質の患者がいて、入院したり、退院したりって繰り返していて、名前は何といったかな、フクヤマとかフクザワとかそういう感じだったよ、オヤジとは確か大学が同じだったんだと思う、四国の、あまり有名じゃない大学の、理学部だけどね、オヤジは教師になるのを嫌って市役所に入ったが、その人は小説を書いたり詩を書いたりして就職はしなかったんだ、実家が果樹園みたいなのをやってて、ちゃんと働かなくてもやっていけたんだろうな、それがよくなかったんだっていつもオヤジは言ってたけどね、一応オヤジはその人の保証人みたいなことをやってて、入院とか退院の時も付いて行ってたんだが、入院の場合はともかく、退院の際には、考えてみれば当り前だけど、一種のテストみたいなことをやるらしいんだ、オヤジがある日、家に帰ってきて、そのテストの話をした、その日、その人はテストに落ちたそうだ、医者がまずこう言ったそうだよ、『フクヤマさんは、今回はちょっとまだ退院は無理なようですね』すると、その友人は、自分はもう完全に回復しているんだということを、突然、何百回と繰り返すんだそうだ、しかも、怒鳴ったり、泣いたりしながらね、一時間近くそうやって、わざわざ回復していないということを説明したわけだ、このオレも同じだよ、オレはハイジャックの話をどのくらい続けたのかな？」

三十分ほど、

「異常だな、でも、オレは異常だと自覚しているからな」

わたしのインタビューに応じて下さった理由っていうのは、さっきおっしゃったことだけですか？　傷が癒えたことを確かめたかったっていう、

「そう、タイミングもよかったわけだよ」

タイミング、ですか？

「誰かと話すことで確かめたいと思っていたところだった」

わたしは、誘惑に囚われてしまって、それから逃れるのは無理なように思われた。そのことに比べれば、「ホームレスの生活はどうでしたか？」「他のホームレスの人々を見てどんなことを考えましたか？」「ホームレスに代表されるアメリカの大都市の暗部を、どう思われますか？」みたいな質問は、どうでもよいことのように思えてしまう。それは、本当に魅力的な疑問だった。今の日本に、それだけ大きな傷を負った男がいるだろうか？金とか出世とか、そういう社会的かつ現実的な要因で生じる傷はあるだろうが、ヤザキは明らかに違っている。わたしは、ついに、聞いてしまった。

どんな傷なんですか？

「長い長い話になるよ」

とヤザキは言って、わたしはうなずいた。

「すべての原因は、レイコという女にあるんだ……」

わたしが手帖型のノートを開いてメモの準備をすると、待ってくれ、とヤザキは右手をこちらに向けて言った。

「ちょっと待ってくれ、何か妙に自信がなくなってしまった、少し酒を飲んでもいいだろうか？」

彼はまだコーヒーに手をつけていなかった。わたしは、もちろん、とうなずき、ボーイを呼んだ。白人の、可愛い顔をした若いボーイで、まだ移民して間がないのかも知れない、チェコとかポーランドとかそういう国のアクセントが残る英語を喋った。ヤザキは、ドライ・シェリーのオン・ザ・ロックをダブルで頼んだ。ヤザキの傍にその金髪のボーイが立った時、妙な感じ、デジャ・ヴのようなものがあった。わたしがずっと抱いていた予感が、誰か演出家の手によって実際の情景になって目の前にある、みたいな感じ。昔から、小学生の頃から、わたしのまわりには外国人がいた。そのほとんどは白人だった。父の取引先のビジネスマン、それに母の音楽上の友人が主で、月に一度くらいホームパーティもあった。わたしは幼稚舎から英語を習っていたし、積極性は、小さい頃から身につけなければいけないという両親の考えもあって、パーティには必ず参加した。外国人達はていねいな話し方の易しい英語と、優しい態度でわたしに接してくれた。父も母も、対等に彼らと付き合っていたし、パーティにはいつもグレードの高いなごやかさのようなものがあった。何か特別なことでもない限り、料理もワインもごく普通のものだった。その代わりに、アメリカ人だったらカリフォルニアのワインとか、フランス人だったらチーズとか、ドイツ人だったらソーセージとか、イタリア人だったらパスタとか、本物が用意されて、必ず母とその仲間の小さいコンサートが準備されていた。他所《よそ》で行なわれる場合には連れて行って貰えなくて寂しい思いをしていたこともあって、わたしは自宅でのパーティを楽しんだし、留学してからもその経験は役に立った。だが、幼い頃からずっと気になっていたことがあって、しかもそれが何なのかわからなかった。威張っているわけでも、高価な衣装を着ているわけでもないのに、外国人と両親を比べると何かが違っていた。外国人の方が、優れている感じがしたのだ。父親のビジネスの能力や地位、母親のソプラノの声や歌唱技術などが劣っていたわけではない。小学生までは、容姿のせいだと思っていた。背の高さや肌や目の色や鼻の形や、金色の髪のせいにしていた。中学生になると、伝統の違いだと思うようになった。貿易にしてもクラシック音楽にしても、圧倒的に伝統が違う、そのせいで外国人は立派に見えるのだと思った。それは間違いではなかったが、理由として充分でもなかった。留学してみてそのことがわかった。たとえ白人でもコンプレックスを持たなくてすむ連中は大勢いるし、長い伝統を誇る名門の出身者にもダメな人間はいた。問題となるのは、その人間の持つ「情報量」だった。CNNを毎晩欠かさず見て、ポストとヘラルド・トリビューンを隅から隅まで読み、新作映画のビデオをすべて観賞しても、その種の情報を得ることはできない。例えばカリフォルニア・ワインのあらゆる文献と歴史に通じガイドブックなども全部知っているような人と、バロン・フィリップとロバート・モンダヴィの「オーパス・ワン」を実際に飲んでいる人と、どちらがカリフォルニア・ワインについての重要な情報を持っていると言えるだろうか。サイバネティクスのある領域においては、「情報」は厳しく規定される。ある情報がその人間を周囲から際立たせる。というよりある人間のランクを決定するのはその人間の持つ情報の総体なのだ。もちろん状況の変化に応じてその情報のランクが変わるから、人間としてのランクもそれに応じて変化する。先進国の都市の中では非常に貴重な人間でも、砂漠やジャングルや戦場へ行くとその階層は変わるし、優秀なガイドや通訳はある特定のところでしか役に立たない。ヤザキと初めて顔を合わせた時に感じたものが、金髪の可愛いボーイと見比べた時によりはっきりとなった。ヤザキは、金髪のボーイに比べると、圧倒的な情報量を持っていて、実はわたしはそんな日本人の大人の男を目の当たりにしたのは初めてだったのだ。

「参ったよ」

ヤザキはそう言いながら、ティオ・ペペがなみなみと注がれたグラスをゆっくりと右手に持ち、まるでダイエットコークを飲むように一息に飲み干した。ティオ・ペペという世界で最も有名なシェリー酒に対する敬意や、酒を飲むという行為による充足感などはまったくなかった。テーブルの上に戻ってきたグラスの中で、氷が間の抜けた音を出した。

「今、何時かわかるかい？」

ヤザキがそう言って、四時半を少し回ったところだとわたしは言った。もう一杯シェリーを飲んでもいいかな、と喋り終わらないうちにヤザキはもうボーイを呼んでいた。さっきヤザキがティオ・ペペを清涼飲料水のように飲み干すのを見た時、わたしはインタビューを依頼したことを後悔した。ある種の嫌悪を感じてしまったのだ。自分がバカにされたような気になった。そのことについて深く考えたことはなかったが、いつかこういうことが起こる予感があった。女の子だったら、みんな多少はそういう予感を持っていると思う。昔だったら、それは王子様のようなものとして語られていたし、今だったら、例えばストックホルム症候群だ。ストックホルムの銀行で人質をとった強盗事件があり、人質の女性が犯人の男をかばうような行動をとり、後に彼女は「犯人を愛してしまった」と語ったそうだ。この男に支配されたい、という欲求ではない。この男の持つ情報に身をゆだねてみたい、と細胞レベルで思ってしまうのである。その思いは既に非常に性的でさえある。ヤザキがさっき少し微笑んだ時、からだの奥が濡れてくるような妙な感じになってしまった。自分の感情が非常にざらついていて、気分が落ち着かない。今までわたしのまわりにその種の男が現れたことはなかった。慎重に避けていたのかも知れない。わたしの中にはずっと尊敬すべき父親がいた。彼は穏やかなだけではなくて、多くの友人と価値のある仕事を持ち、語学に長じていて、フォークナーとノーマン・メイラーを原書で読み、リヒャルト・シュトラウスとワグナーを愛していて、ティオ・ペペを一息で飲み干したりは決してしなかった。わたしは来年三十になる。何人かの男性と付き合い、そのうちの二人とは非常にシリアスな別れを味わった。日本人もいたし、白人も、そして一人は黒人の弁護士だった。別に父親に似た地位のある中庸な紳士だけを選んだわけではない。年下のミュージシャンもいた。オルガスムもあった。だが、わたしは彼らと自意識で付き合っていたのだ。ヤザキを目の前にしているとそのことがより明確になった。ヤザキは自意識を越えているような気がした。より正確に言えば、自意識から自由なのだ。まだ彼自身の話をしていないのに、なぜそんなことがわたしにわかるのだろう？　あのテロリストの映画の話のせいだろうか、いや、あの話そのものにはわたしは別に驚かなかった。だが、あんな話を会ったばかりの人間を相手に、熱を込めてこんこんと続けることのできる男を見たことはなかったのだ。ヤザキは、テロリストの映画について話す時、ファナティックになったが、自分を失うことはなかった。もちろん大声を出すわけでもないし、口から唾を飛ばすわけでもなく、言葉を選んで、喋った。だが、自意識からは遠く離れていて、意志だけが際立っていた。そのことを相手にわかりやすく伝えること、伝えるのが自分であること、その二つは冷静にキープされていたが、自意識や自我といったものは途中から消し飛んでしまっていた。途中で話を中断させて、「失礼ですが、あなたはどなたなんですか？」と聞いたら、彼は一瞬答えることができなかっただろう。ヤザキはヴードゥーの信者のようにではなく、ドビュッシーの曲に向かうピアニストのように、自意識から離れていた。両者の違いは、意志の有無である。


「そうか、夕方だな」

そう言って、ヤザキはふいにわたしの手をとり自分の額と頬に押しつけた。

「わかるか？　いつもこの時間になると熱が出るんだ、熱いだろう？」

わたしは慌《あわ》てて手を自分の方に戻し、何度かうなずいた。ヤザキの額と頬は確かに熱があったが、そういう唐突なやり方にわたしは慣れていなかった。何て失礼な男だろうと怒りが湧き起こったが、ヤザキの話を聞くうちに怒りが他の何かに変わっていくのがわかった。かすかな欲情と、同情、緊張、ある種の興奮、それらを混ぜ合わせたものへと、変化していったのである。

「ずいぶん昔からなんだ、あなたもこっちに長くいるようだから、オレがドラッグにやられてるのはすぐにわかるだろう、だがオレは中毒じゃないし、絶望っていうか、空虚なものをアッパー系のドラッグで埋めようとしたことは一度もないんだ、必ず熱が出るからといって、これは風邪じゃない、エイズでもないからその点は安心してくれ、オレがここで大吐血をしても大丈夫だよ、大吐血なんか絶対にしないけどな、もう四年前だがオレに内緒でレイコがＨＩＶの検査をしたことがある、あいつはその時は肝臓の検査がどうのこうのでついでにＨＩＶも調べられてしまったとか何とかわけのわからねえことを言っていたが要するにオレと付き合っていてエイズじゃないかって恐くなったんだろう、そういう女には見えなかったし、当時は非常にアナーキーな感じがしたが実はとんでもなかった、常に怯《おび》えてる女だった、怯えという概念そのものみたいな女だったんだ、でもあいつはエイズじゃなかったし、ということはオレもエイズじゃなかった、変な話だけどオレ達はこの世に存在するありとあらゆるセックスを体験したかった、こんな話からしか始められないんだが、いいかな？　オレもこういうことを他人に、それも会ったばかりの人に話すのはあまり好きじゃないから、もっと一般的に、かつ抽象的に話すこともできると思うんだが」

どういう話し方でも構わない、とわたしは言った。ヤザキのような話し方をする人はあまりいない。夕方になると熱が出る、ということから始まって、ＨＩＶの検査が出てきて、最後の方は話し方そのものについてわたしへの質問という形になっていた。話し始めると一気にテンションが昇りつめて、ありとあらゆることが並列的に熱を帯びて語られる。支離滅裂のようでいて、こういうタイプは論理性を求めているのだ。以前にインタビューした死刑囚がその典型だった。

「ありがとう、その一言で熱も下がったみたいだ、本当にこの夕方の発熱はオレ自身大嫌いなんだよ、レイコの前にケイコという女がいて本当はこのケイコと出会った時のことから話さなくてはわかって貰えっこないんだがオレは他人に自分のことをわかって貰おうとするのが嫌いなんだ、わかるだろう？　わかって貰ったってしょうがない、自分でもわかっていないってこともあるが、わかったところでボロボロの四十男がいるだけなんだ、鏡なんてものはできたら一生見ずに済めばそれに越したことはないとオレはいつも思ってきた、そうは思わないか？」

わたしが返事をしようとするとヤザキは右手を上げて、いいんだ、いいんだ、と制した。

「いちいち返事をしなくてもいい、あなたが真剣に聞いてくれてることはよくわかっている、逆にうなずかれたりするとオレ自身照れてしまって何を言っているのかわからなくなってくるんだ、だからオレが何か話の途中に聞いたりしても無視していい、ただオレはよくそもそも何について話していたのかわからなくなってしまうから、その時には教えてくれると助かる、今は大丈夫だ、熱のことを話していたんだった、夕方の発熱は実は子供の頃からなんだ、うんと小さい頃、幼稚園の頃からいやなことがあると熱が出ていた、退屈でゆううつな時には必ず熱が出たんだ、もちろん本当の風邪の時にも熱が出るが、ゆううつな時の熱は風邪の時ほど高くない、いわゆる微熱ってやつだ、三十七度四分とか三十七度六分とかそのあたりだけどな、それで発熱が起きる時期っていうのも大体決まっていて春か秋なんだ、夏とか冬はオレは強い、グリーンランドとかラップランドとかにも行ったし、暑いところはもともと好きで赤道から上下に十度くらいのところは全部行った、中途半端なのに弱いらしいんだ、だから微熱がイヤなだけで四十度を越える発熱なんかだったら好きも嫌いもないもんな、寝るしかないわけだからな、で、ケイコって女と知り合ったのは春だったから例によって微熱が出ていたんだが、ケイコって女は非常に科学的な女で、小さい頃に自分がニンフォマニアに近いと気付いて、そのことをどう現実に活かしていくかということを真剣に考えて、しかもそれがプロスティテューションにならないようにってことで、ストリッパーとレスボスとＳＭを候補に上げて、生活していかなければいけないという理由で、金持ちが集まるＳＭを選んであっという間に伝説の女王様になってしまったんだよ、ねえヤザキさんあたしこれからどうやって生きていけばいいと思う？　なんてよくふざけた感じでオレに聞いたりしてて、オレは必ず精神科医になれってサジェッションしたんだが、それってどんな仕事？　って舌で唇かなんか舐《な》めながらまた質問してきて、精神が病んだ男を治してやるんだよって言うと、あいつはその頃ＳＭをやってたから、何だそういうんだったらもうやってるわよってつまんなそうに言ってたな、そういうケイコにオレがこの微熱の話をしたらすごく興味を持ってくれてある晩二人で実験したんだけど、場所はミッドタウンにある妙ちくりんなポストモダンのホテルの一泊千七百ドルの部屋でオレ達はありとあらゆるドラッグを準備して、実験を始めて当り前のことだけどコークを一発シュートしただけでもう何のためにこんなことをやってるのかわけがわかんなくなってエスコートクラブに電話してさ、オレはアメックスのプラチナカード専用っていうクラブを知ってたからいつもそこから女を呼んでたんだ、こんな話不愉快じゃないか？」

不愉快だったが黙っていた。ヤザキはわたしの反応を一瞬窺《うかが》った後、また話し始めた。まるでわたしの生理的な嫌悪感を確認して満足したかのように微《かす》かな笑みを浮かべながら話した。

「ケイコはいつもそういう風にオレとのゲームに参加してきた、微熱の問題に限らず、自分の意見をきちんと言って、そのゲームのアレンジみたいなこともやった、例えばある若い女をゲームに引き込む際にどういうシチュエーションが必要かということなんかにしても実に適確な指摘をした、オレとよく似ていたんだ、そのうち自分でもそのことに気付いて少しずつ疲れるようになっていったんだがそんな頃にレイコが現れたんだ、変な女だった、きれいで強いからだと、変なエネルギーを持っていて、実際にときどきスプーンとか指でこすって折ってたし、映画とかミュージカルとかダンスとかが好きじゃなかったら新興宗教の教祖にだってなれたんじゃないかと思うな、変なエネルギーは確かに存在しているんだがあいつ自身それをどう扱っていいのかわかってなかった、だからあいつはオレとのゲームに際して、まるでそれが通過儀礼か自己克服の手段であるかのようにただ単に絶対的に服従するだけだったんだ、そういうのが好きな女だと思ったよ、そういうのが好きな女は日本の風俗産業に五十万人くらいいるからな、信じられないことに本当に服従そのものが好きな女がいるんだ、それもできるだけでたらめなヤクザに、例えば呼吸器系の病気持ちとか一種の障害者のヤクザ者に殴られたりライターで焙《あぶ》られたりしながら客をとらされるのが大好きな女が大勢いる、そういう女達は必ず父親に問題がある、レイコはそういうのの一つの絵に描いたような典型だったんだ、他の女と違うところはからだが抜群にきれいで本人もそのことをよく知っていて、顔も美人で頭も良かったということだが、今となっては本当にそうだったのかよくわからないし考えても意味がないと言えば意味はない、あいつは服従する対象を常に捜しているような女だった、それであの時期たまたまオレが選ばれた、オレは単なる宿主のようなもので別にオレが死んでもあいつはすぐに代わりを見つけただろう、この微熱にしてもあいつは関わりを持ってくることはなかった、当然のことだがそれはオレに属するもので彼女にとっては服従の対象でしかなかったからオレが少し熱があるみたいなんだと訴えてもケイコみたいに薬を自分で調合してシュートしてくれるみたいなことは一切なくて、あら本当、大丈夫ですか？　って言うだけだったんだ、大丈夫じゃないから心配になって訴えてるのにな、だからあいつには何の相談もできなかったよ、そうですね、そうなんでしょうね、先生の言う通りですね、確かに熱がありますよ、お医者に行った方がいいんじゃありませんか、まあ大変、あらどうしましょう、そんなのばっかりだった、あれはいつだったかな、二人でアリゾナへ行ったことがあって、ＪＦＫからダラスを経由してフェニックスに行ったんだがその前の晩、いや前の前の晩からオレ達は地獄の果てまで行けるような量のありとあらゆるドラッグをやってたからオレは飛行機に乗ってメシを食ったすぐ後に狂ってしまいそうなくらいの微熱と悪寒に襲われたんだよ、……

こんな感じで生きているわけだから気分が悪いということにはすっかり慣れたような気がするがそれでもオレはあの時の悪寒だけは絶対に忘れないな、忘れないというよりも今のオレの恐怖という概念の中心というかあるレベルを形造っているのはあのユナイテッド航空のあの悪寒なんだ、そういう悪寒ってやつがあんたにわかって貰えるといいんだがな」

ヤザキはそう言って、じっとわたしの顔を見た。ヤザキがわたしの何かを値踏みしているのがよくわかった。何か、とは、肉体そのものをふくめた情報の反応力みたいなものである。想像はできるかも知れませんが、それがわかるとは思えません、とわたしは言った。するとヤザキは、頭のいい人だな、と薄笑いを浮かべた。その唇の端をちょっと歪めたような薄笑いを見て、本当にイヤな気分になった。そしてそのイヤな気分が何によってもたらされたかも自分でよくわかっていた。会ってからまだ三十分も経っていないのに、ヤザキはわたしの一部分を破壊してしまったのだ。別にこんなインタビューをしなくても他に仕事がないわけじゃない、と胸の中で呟いてみる、効果がないとわかっていても呟いてみる、こんな男の言うことにいちいち心を動かされるのはおかしい、わたしは何かに飢えているわけではない、寂しくもない、こんな男とはタイプの違う友人をたくさん持っているし彼らと過ごす時間は充実したものだ、今の自分にも生活にも何の不満もないじゃないか、この男からはさまざまな悪の匂いがする、犯罪というわけではなくて、悪だ、嘘《うそ》や偽善、裏切りと失望、弁解とナルシシズム、利己主義と傲慢さ、いくらでもそういう言葉が出てくるし第一顔もからだ付きもわたしの好みとは程遠い、わたしはそういうことを胸の中で呟き続けたが、内臓のどこかからまるで発酵するように湧き起こってくる欲求を無視できなかった。この敗残者の典型のような、ヤザキという男の情報がフルパワーでドライブしていく時にそのエネルギーを浴びてみたいという欲求だ。親しくしている友人は、今のわたしを決して理解できないだろう。わたし自身も自分にとまどっている、わたしは、レイコとかケイコとかヤザキの口から名前の出た女性達にある種の嫉妬を感じていたのだ。もちろん生理的な嫌悪感が未だに勝っているために、彼女達をうらやましく思うことはない。だが例えば、そう、だが例えば、だ。その言葉がわたしの中に浮かんで、わたし自身を嘲笑しているかのようだった。だが例えば、だが例えば、だが例えば、だが例えば、わたしはその言葉を英語やフランス語やドイツ語で声に出さずに呟いていた。だが例えば、だが例えば、だが例えば、だが例えばヤザキが、ちょっと今からオレのアパートメントに来て軽くコークでもやりながらこの続きをやらないか、と言ったら、果たしてわたしは拒否できるだろうか？　たぶん拒否するだろう、しかし拒否した自分を責めるもう一人の自分に悩まされるかも知れない。ヤザキは話し続ける。三杯目のティオ・ペペも既に飲み干されている。ヤザキは数分間で三杯のダブルのティオ・ペペを飲んだことになる。こういうペースでお酒を飲む人間を見るのは初めてだったが、アルコール依存症とは違う。アルコールに飢えているような感じはまったくしない。むしろ、酒をバカにするような飲み方だった。ヤザキが四杯目のティオ・ペペを頼むために話を中断した時に、わたしは質問してみた。

シェリーがひどくお好きなんですか？

「別に」

なんでそんなことを聞くんだ、お前はバカじゃないのか、という風にヤザキは答えた。

あまりペースが速いのでティオ・ペペがよほどお好きなのかと思いました、

「アル中みたいだろう？」

そんな感じはしないけど、

「うん、オレはアル中じゃない、薬物についてもいわゆるジャンキーってやつじゃないよ」

そうなんですか、

「単純じゃないんだ」

単純？

「コカインでもヘロインでも他の薬物でも、それとの関係を単純に楽しむ奴もいる、特にヘロインはそういう奴に向いているんだが、セルジオ・レオーネの『ワンス・アポン・ア・タイム・イン・アメリカ』っていう映画を知ってるだろう？」

もちろん、

「最後にデ・ニーロがニヤリと笑うよな、あれがその典型なんだが、薬物をやった自分がまるで家具とか置きものになったようなマゾヒズムを味わうわけだけど、ＬＳＤをやってクラブで踊るような奴も本当はそれに近いんだ、ＬＳＤをやったことはあるかい？」

わたしは首を振った。

「まあ別にやる必要はないけど、オレが若い頃は、若いといっても十代の終わり頃っていう意味だけど、ＬＳＤやＤＭＴやメスカリンやマジック・マッシュルームなんかが主流だったんだ、俗に言う、幻覚剤ってやつだけどな、オレは日本のＬＳＤ好きの中でも三本の指に入るくらいＬＳＤをやったが、ある時やり過ぎてとり返しのつかないことをやったせいもあって止めた、他にも原因があって、それは知覚が狂うということだろうと思う、知覚の狂いはオレにとってただ恐怖でしかなくて本当にイヤなんだ、恐いっていうより、イヤなんだな、つまりおれは薬物によって代謝機能の狂った自分と、他の誰かとの関係性を自分自身で観察するのが好きなわけなんだ、関係性といったってそれは主にセックスということになるけどな、それ以外はただの退屈なお喋りかあとは仕事になってしまうだろう？」

わたしはうなずいた。なぜ自分がうなずいたのか、わからない。ヤザキが言っていることを理解したわけでも、その内容に納得したわけでもないのに、うなずいてしまった。セックスとかそういう単語の出てくる話がイヤだったのかも知れない。きっと何かが面倒臭かったのだろう、そう自分で思うことにした。妙な、不自然なバリアをヤザキに対して張り続けることに少し疲れを感じてきた。

「少し話が混乱しちまったな」

ヤザキは四杯目のティオ・ペペをまた一息に飲み干してから言った。わたしはまたうなずいた。本当は、混乱しているのはこのわたしの方なのだ。ヤザキの話には不思議な論理性がある。

「何の話だったっけ？　そうだ最初はシェリーの話だったんだ、そうだよな？」

わたしはまたうなずいた。自分が人形にでもなったような気がしてきた。

「シェリーは嫌いじゃないよ、もうずいぶん昔のことだが、トレスにも行ったことがある、君はどうだい？　トレスに行ったことがある？」

トレスという街がどこにあるのかわからなくて、知りません、とわたしは小声で答えた。知りません、と答えて、わけのわからない恥ずかしさを覚えた。これまでに味わったことのない種類の恥ずかしさだった。耳の付け根が熱くなったが、何に対して恥じているのかわからなかった。

「オレは何をしに行ったのかな？　Ｆ１のレースを見に行ったのかな、他に思い当たらないからたぶんそうだろう、しかし本当に昔のような気がするけど、それでも子供の頃なんかじゃないから、まるで前世のできごとのような感じだよ、うまい生ハムがあったのをよく憶えてるよ、そのハムだけはどの店でも入口の傍に切り口を見せて置いてあるんだが、イタリアのプロシュートよりも赤が強いんだ、血の色に近いね、たぶんあれは看板みたいなものだろう、この店にはこんなによくできた生ハムがあります、従ってこの店の料理はとてもおいしいんですっていう店のグレードを示そうとしてるんだと思うよ、あのハムはおいしかった、三人くらいでハムとパンだけを食べながらティオ・ペペを三本空けたこともあったよ、それ以来スペインに行くたびにそのハムを探すんだが、マドリッドとかバルセロナとかセビリアとかじゃ食べた記憶がない、どうしてだろうな、こうやってシェリーを飲んでいると、本当に前世の記憶のようにしてあのハムを思い出すんだよ、何かを境にしてオレの人生ははっきりと分断されてしまったのかも知れないな」

それはホームレスになったことと何か関係があるんですか？

「あるかも知れないけど、それは時期が近いだけで本当はきっとどうでもいいことなんだよ、例えばオレがホームレスになったのはレイコのせいだと言う奴もいる、ケイコなんかは今もそう言ってる、ケイコとレイコは今考えるとものすごく仲が悪かったんだ、仲が悪いというのとはニュアンスが違うけどまあまったく関係のない人間というのが正確だろうけどね、出会う必要も必然性もゼロの人間が出会っても肌が合うわけないもんな、でもそれがショービジネスってことなんだけどさ、オレがホームレスになったのはレイコがああいう形でオレから去って行ってからだからケイコなんかがそういう風にすべてレイコのせいにするのもわかるんだけど今考えると違うんだ、オレは本当のことを言うとレイコって女が何者なのかわからないんだ、それがひどく恐くて、不安定だった、不安定な自分を見るのは他のあらゆることよりもオレにとって恐怖なんだよ、知覚っていうか視覚だがそれが失われることの次に恐いことなんだ、不安定になると他人との関係性が奪われてしまうだろう？　依存になってしまうからな」

ホームレスになったのは、それでは個人的な理由だったんですね、とわたしが聞くと、ヤザキは、人間が何かする時に、とじっとわたしの目を覗《のぞ》き込んで答えた。

「人間が何かする時に、個人的な理由以外には何もないんだよ」

お前は本当はひどいバカじゃないのか、という風にそう言った。急にバーのざわめきが大きく苛立たしく聞こえてきて、わたしはまた耳が熱くなるのがわかった。ヤザキははっきりとわたしをバカにしていた。そうでしょうか、と熱が耳から顔全体に拡がるのを感じながらわたしは言った。

社会的な動機というのも存在するんじゃないでしょうか？

「言葉が違うだけだ」

ヤザキはそう言って楽しそうに笑った。わたしは自分がどういうことを聞きたかったのかわからなくなってしまった。実は、という前置きから始まって、修行僧の体験談みたいなものを予期していたのに違いない。ホームレスの人々の暮らしはそれは一般的な常識で言うと悲惨なものですよ、ちょっとこういう席では言えないようなこともたくさんあるし希望という希望をまったく失ってしまうということがいかに恐ろしいことか、そしてそれが絶望とか恐怖とか陰惨という概念を超えて、生物学的な退化ということまで考えさせられてしまうんです、事実、言葉を失った人がたくさんいましたしね、それも失語症とかそういうわけではなくてつまりまったく喋れない状態になってしまっているわけですけど、唖者にね、それは語ることを放棄するというよりも、ある意志を失ってしまったらごく自然に言葉が離れていったということだと思うんですけど、そういう中で一緒に暮らしていると、オーラっていうんですか？　それに当てられてしまって、こっちまで退化の芽みたいなものがからだ中にまるで吹出物のようにブツブツとできてしまって、内臓や細胞の表面にもそれがびっしりと植えられて、しかも恐ろしいことにそれはとても楽なんです、いいですか、決して難しくもないし精神的なものなんかでもない、うまく言えないけど、泳ぎを覚えるより溺れ死ぬ方が楽なんじゃないですかね、でもね、中には何とか這《は》い上がろうとしている奴もいてそれが他のホームレスに力を与えたりすることもあるんですよ、メリル・リンチをクビになったことがきっかけであっという間にホームレスにまで転がり落ちたサヴァリッシュというユダヤ人がいたんですがこの老人との出会いがボクにとって非常に大きかったんです……地獄からの生還者の記録……わたしはこうしてホームレスの群れから脱け出した……わたしが期待していたのはそういうタッチのインタビューだ。今、目の前にいる男はまったく違う。会って挨拶《あいさつ》を交わしてからもうすぐ一時間近く経とうとしているが、個人的なことばかり喋っているようで、実は自分のことは何一つとして語っていない。冒頭の、レイコという女優に演じさせようとしていたハイジャックの映画に至っては、自分どころか、レイコという人間さえいない、いるのはレイコが演じるべきだった日本人の女性ハイジャッカーだけなのである。わたしは、一行、そっとノートにメモした。

ヤザキには自分というものがない

「社会的、個人的、それは例えば公園とか、公会堂とかについて区分けする時のものだよ、それ以外には使えないんじゃないの?」
ヤザキは私を見て笑うのを止めない、インタビューは中止されるべきなのだろうか?目の前にいる男をルポルタージュするのは絶対に無理だ、とわたしの乏しい情報が教えている。何か話が混乱してしまいましたね、とわたしは言った。

「すまないな、うまく順序だてて話すことができないものでね」

そんなことはありません、ヤザキさんの話はある意味で非常に論理的だと思います、そう言った時に、わたしの周囲のバリアが解かれた。わたしは、ヤザキに会ってから初めて、本当のことを言ったのだった。

「論理的ねえ」

面白いことを言うじゃないか、というようにヤザキはうなずいている。

「そういう風に言われたのは数えるほどしかないんだが、ケイコもレイコも確かそういう風に言ったよ、女性遍歴なんかを話してもしょうがないから、うまく言えないんだけど、ケイコとレイコはビジネスとドラッグとセックスがミックスされた初めての女達だったんだ、ビジネスだけっていう女や、セックスだけっていう女や、ドラッグとビジネス、ドラッグとセックスがそれぞれ結びついた女もいたけど、三つが絡まり合って付き合ったのはその二人だけだった、オレに対するあなたの関心事であるホームレスになった原因その他について言うと、ケイコとレイコがある契機になっているのは確かだろうね」

驚いたことにヤザキは、わたしにそういうことを言ってサービスをしてくれた。論理的だ、とそう言っただけでインタビューらしいことを口にしたのだ。バリアが一瞬解けたのがわかったのだろうか、とわたしは考えた、それとも適確にほめられて単にうれしかっただけなのだろうか？

「悪寒について話していたんだった、そうだよね、ユナイテッドのニューヨーク—フェニックス便の中の話だったよな、実はその旅の最初の方はケイコも一緒だったんだよ、ニューヨークに三人で一緒だった、十日間くらいかな、オレがケイコからレイコに乗り換える境目の時期で、次のミュージカルに二人一緒に出すつもりでいたから、その振り付けがどうのこうのというどうでもいい口実で二人を連れて来たんだけどけっこう面倒な旅になった、オレは女に何かさせるのが好きなわけじゃなくて、オレによって女が自ら進んでマゾヒスティックになっていくのを見るのが好きなだけだから、複数のセックスはできないんだ、プラザのツー・ベッドルーム・スイートってやつをとったら二千二百ドルもしたよ、ニューヨークはシティタックスが十九パーセントもあるから、一泊で三千ドル近い部屋代ということになるが、そういう一種のプライバシーのようなものは絶対に必要なものだったんだ、キングサイズのダブルベッドのある二つの部屋にそれぞれ裸の女を寝かせて、ピアノまであるリビングでオレはただコークを吸ってたな」

一つ聞いてもいいでしょうか、とわたしは言って、ヤザキはうなずいた。

どうしてケイコという女性からレイコという女性に対象を移したのですか？

ヤザキは、答えた。

「レイコの方が、便利だったんだ」

「便利？」

と思わずわたしは聞き返した。彼にとってある意味で非常に特別だった二人の女性について わたしが興味を持ったのは事実だが、それについて質問することで何かがわかると考えたわけではない。わたしはそれほど愚かではないし、ゴシップ好きでもない。というより、正直に言って自分が何のためにこうしてインタビューしているのかということがどんどん曖昧になっていく。わたしが仕事をしている日本の雑誌社、その編集者達、彼らが望んでいるところの情報、それらと生《な》まのニューヨークとのギャップ、当り前のことだがニューヨーク及びアメリカ合衆国で本当に何が起こり何が進行しどういう変化が生じつつあるか、日本のジャーナリズムも国民も関心はない。情報はすべて日本が望む形で受け取られるし、日本人が理解したがる形で理解される。日本人の先入観を満足させるものでなくてはならないのだ。アメリカだけではなくあらゆる国や事象についてそれは言える。だが、今わたしがヤザキに「便利？」と思わず聞き返したのはそういうこととは関係がない。レイコの方が便利だったからだ、とヤザキが言った時、女性をモノとして扱っている響きがあって、しかもそのことにわたしは不思議な好感を持ってしまったのだった。モノというか、ペットというか、そう愛玩する動物、といった感じだった。

「うん」

ヤザキはうなずいた。どうしてそんなことを聞くんだ、そんなことは当り前のことじゃないか、というようなうなずき方だった。ヤザキさんにとって、と微笑みを浮かべながらわたしは聞いた。わたしはガチガチの急進的なフェミニストなんですよ、という意味の微笑みをつくったつもりだった。ヤザキのようなタイプに対する時は、自分の生理に正直にならなくてはいけないということを短い間にわたしは学んだのだった。ヤザキさんにとって女性を選ぶ時の規準は便利か便利ではないかということなのですか？　微笑みと共にそう聞くと、他の人は違うのかな、とヤザキは不安そうな顔になって言った。

「だって不便なものは面倒臭いじゃないか、不便なものに愛着を持つのは不自然だし、不健康だと思うけどな」

例えば不便でもすばらしいものっていうのは存在するんではないでしょうか、

「例えば何だい？」

しょっちゅう故障するけど、フォルムがきれいですばらしく速いスポーツカーとかそういうものです、

「車にはまったく興味がないんだ、オレは車を選ぶように女を選んだりはしないよ」

ケイコさんとレイコさんの二人は具体的にどう違っていたのですか？

「あなたはそんなことを聞いて雑誌に載せるつもりなのか？」

プライベートなことをお話しになるのはおイヤですか？

「そういうんじゃない、あなたみたいなインテリジェントな人を相手にお話をしておイヤ

なことなんか何もない」

　インテリジェントと言われて、わたしから微笑みが消えた。ヤザキにそういうつもりがないことはわかっていたが、またバカにされたような気がしたのだ。インテリジェントという言葉が、不感症という風に聞こえてきてしまった。驚いたことにヤザキは、わたしが微笑むのを止めると、不安な表情になって、あ、誤解しないでくれよ、と気をつかってくれた。

「あ、誤解しないでくれよ、インテリジェントっていうのは皮肉でもなんでもない、第一オレは皮肉なんかまったく言わない人間なんだ、だってオレは皮肉っていうのが嫌いなんだよ」

　それではニヒリストではないんですね？

「それはわからないが、ウィットとかユーモアとかエスプリとかアイロニーとかそのてのものは余裕がないと成立しないわけだろう」

　余裕はないんですか？

「余裕がある人は、こんな時間にシェリーをたて続けにダブルで四杯も飲んだりしないよ、第一オレみたいに飲んでもシェリーの味はわからないからな、さっきの話に戻るけどプライベートなことを話すのも、それが日本の雑誌に載るのもオレ自身はまったくかまわない、家族なんていないし、日本人がオレをどんな風に思っても全然平気だしね、ただし、ケイコやレイコはもちろんまだ生きていてオレみたいなどうでもいい人生を送っているわけじゃないからね、あらゆる意味で彼女達はシリアスに生きているんだよ、だからこそオレはあの二人を愛したわけだけど、ケイコもレイコもきっと死ぬまでシリアスな姿勢を崩すことはないと思う、オレは大切な人間、あるいは大切に思ったことがある人間にイヤな思いをさせたくないんだ、結果的にイヤな思いをさせることはしょっちゅうだがね、それはしようがないことで、こうすればあいつらがイヤな思いをするってわかっていながら何かをすることはできないんだ」

わたしはまた驚いた。ヤザキが見せた二人の女性に対する思いやりの言葉はストレートで説得力があったからだ。それが計算されたものなのか、ヤザキがピュアな自分を演出してみせたのか、わたしには判断ができない。二人の女性について質問した自分がデリカシーに欠けた人間のように思えてくる。ヤザキはシェリーを飲むペースをゆるめ、一度わたしの顔をじっと見て、しばらく黙った。何か重要で、デリケートで、本質的な話題か質問を捜そうとわたしは思った。わたしは、ヤザキが少し気分を害したと思ったのだ。話を再開したのは、ヤザキの方だった。

「今、オレは少し酔っているんだよ」

濁った目をしっかりとこちらに向けてそう言った。酔っているとは思えなかった。とてもそうは見えません、とわたしは時計を見ながら言った。このホテルで会ってからちょうど一時間が経とうとしている。

「いや、オレは酔ってる」

ヤザキはそう言って、寂しそうな笑いをつくった。ぞっとするような笑いだった。だって面白いことなんか何も残ってないだろう、そう言っているような、そしてそのことを納得せざるを得ないような笑いだった。

「酔っててこんなにお喋りになってるんだ、もちろんこの酔いが覚めるとひどい気分になる、喋りすぎたと思うのが一番イヤなんだ」

どうして喋るのがイヤなんですか？

「基本的にさもしいからだが、まあ今はそんなことは話す必要はないよ、喋りたくなければ、それじゃどうもと言ってこの席を立てばいいんだし、そうしないってことは情けないことだがやはりあなたに何かこうやって喋れることが楽しいんだと思う」

わたしに喋るのが楽しいっていうことがおイヤなんですか？

「あなたに責任があるわけじゃない、誰であろうが喋るのが楽しいっていう状態は好きじゃないんだ、きっと本当は楽しくないんだろうな」

おっしゃっていることがよくわかりません、他人と何か話すことで充実感を持つのは間違っているということですか？

「いや、自分が何を言いたいのかわからなくなってしまった、この話題はもう止めよう、もしあなたが承知してくれれば場所を変えたいんだが」

ここは少しうるさいとわたしも思っていました、わたしがそう言うと、ヤザキは、よかった、と立ち上がった。

「アメリカのバーは、世界最低だよ」

もしよかったらこの近所だからオレの昔のオフィスに来ないか、ヤザキがそう言って、私達は五番街を北に向かって歩き、セントラル・パークにぶつかって右に折れホテル・ピエールの数ブロック先の、大きな石材を積み上げて建てられたがっしりしたスペイン風のアパートメントにたどり着いた。建物にはアドレスを示す番号がついているだけで、他には何の表示もない。階段を七、八段登った奥まったところにエントランスホールがあり、その場所はアーチ型にくり抜かれた厚いコンクリートに囲まれて暗く、空気はひんやりとして湿っていた。ホールのレセプション・カウンターは灰色に磨き込まれた大理石で、その後ろには複数のビデオモニターとパソコンのディスプレイ、モニターを交互に眺める濃いブルーのスーツを着たガードマンがいた。ガードマンはインディオの血がまったく混ざっていないヒスパニック系の二十代後半の男で、彼は溜め息が出るほどきれいな顔をして、スペイン語のなまりのある英語で、お帰りなさい、とヤザキに言って笑いかけた。荷物が一つ届いています、とDHLのビニール貼りの封筒をヤザキに手渡してから、エレベーターホールに通じるガラス扉を開けた。染みも曇りもない分厚いガラスの扉は、わたしが小さい頃飼っていた小動物の鳴き声そっくりの音と共にゆっくりと開いた。エレベーターの内装はヨーロッパの古いオフィスやホテルにあるような鏡と真鍮《しんちゅう》と木を使ったアンティークなもので、隅に吊ってあるボヘミアングラスの一輪挿しには、ピンクのバラの生花がさしてあった。そのバラの香りなのか、あるいは別の芳香剤をまいてあるのか、乗り込んで扉が閉まった時からエレベーターの中にはわけのわからない官能的な匂いが漂った。五番街のホテルのバーを出てからヤザキは一言も喋らない。酔っていると言ったくせにかなり速いペースでよろめいたり息を乱したりせずにしっかりと歩いた。エレベーターの中は花の匂いのせいもあって妙に息苦しかった。12、という数字にオレンジ色のランプが点き、扉が開いて、まず目に入ったのは明るいベージュ色の毛足の長い絨毯《じゆうたん》だった。ヒールの埋まり具合がとても気持ち良かった。部屋自体はそれほど広いわけではなく、窓からセントラル・パークが見渡せるのもアップタウンのアパートメントでは別に珍しくはない。大麻を吸う水パイプや、妖しげなポスターや、野生動物の敷き皮や、ヘロインを打つ1ccの注射器があるというわけでもなく、部屋そのものはむしろ呆気《あつけ》にとられるほどシンプルだった。ベルベットのカバーをかけたダブルベッドと、かなり大きな机、イタリア製だと思われる緑色の革張りの坐りやすそうな肘《ひじ》かけ椅子、主な家具はその程度で、窓際の細長い棚にファクシミリや小型のコピー機やパーソナル・コンピュータが並んでいるだけだ。ヤザキは、わたしに緑色の革張りの椅子を勧め、自分はアクリルの壁の向こうにあるキッチンスペースに飲みものを取りに行った。

「ワインでも飲むか？」

アクリルの壁の向こうから声が聞こえ、はい、とわたしは返事をした。ヤザキが持ってきたのは、七〇年もののシャトー・ムートンだった。そんなものをいただくわけにはいきません、とわたしは遠慮したが、聞こえなかったようにヤザキは無雑作にコルクの栓を抜き、ワイングラスがどこにあるかわからない、とバカラのタンブラーに濃い赤の液体を注いだ。タンブラーを手渡して、オレだってわかってるよ、とヤザキは言った。

「別に誕生日でもパーティでもないのにこんなワインを飲むのは間違ってるんだろうなとオレだって思うよ、でもこれは何ていうか感傷でいっぱいの思い出のワインだし、昔五ダースも注文したやつだから別にいいんだよ、シェリーみたいにガブ飲みはしないつもりだし、それに何よりもいいのは、強い味の高級な赤ワインはコカインをやろうという気持ちをくじいてくれるってことだ、コカインはあまりにも手軽すぎるからな、こういうちょっとした緊張する場面ではオレは必ずやりたくなってしまうんだ、ルイ・マルの『鬼火』って映画を観たことがあるかい？　モーリス・ロネがアル中の役をやってオレもよく憶えていないんだけど、なんでそんなに酒を飲みたがるんだって誰かに聞かれて、酒を飲まないとボクは早くいってしまって女を満足させることができないんだって答えるんだよ、あれはリアリティがあってよく憶えてる、いやオレは別にセックスがどうのこうのでコカインをやるわけじゃないけどね、何かモーリス・ロネと共通してるものがあるとすれば、それは一種のシャイネスなんだ、誰でもいいけど他人と一緒にいてオレはうまくリラックスすることができないんだ、昔はそれがよくわからなかった」

七〇年のムートンは保存状態も完璧で、一口喉を滑り込ませた瞬間にからだの一部が溶けていくような感覚に囚われた。濃くて強い液体が内臓を溶かしていくような感覚。どうしてヤザキはわたしと一緒に居て緊張するのだろうか？

「初めての人だと緊張してしまう、二年前に四十になってもそれは変わらないからもう永久に、死ぬまで治らないだろう」

ここは彼個人のオフィスなのだろうか？

「ファイルを少し調べればオレが過去にパーフェクトな破産をしたことがわかるだろう、資産はすべて凍結されて、オレはホームレスになった、というわかりやすいストーリーが既にでき上がっているからな、それには密接にレイコが絡んでいてそのことを知ってケイコは未だにレイコのことをよく思っていないわけだ、このオフィスは当り前のことだが凍結された資産とはリンクしていない、昔オレはあらゆるものに手を出したから忘れていたようなものがうんと後になって金を産み出すようになって、その代理人はオレとすごく親しくて、日本やアメリカの銀行とは完全に切れたところで仕事をしていたので常にコンタクトがあってこっそりこういう不動産を買っておいてくれるんだ、それは主に中南米マーケットのレコード原盤の権利だけどね」

気が付いたら、わたしはなみなみと注がれた七〇年のムートンをいつの間にかきれいに飲み干していて、やはり赤ワインだけじゃ話が弾まないな、とヤザキがガラスのテーブルに白い粉をまいてアメリカン・エキスプレスのプラチナカードでそれをさらに細かく砕き長いラインをつくるのをぼんやりと眺めていた。しかしどうしてあらゆる資産を凍結された男がプラチナカードを持てるのだろうか？　ヤザキはその質問には答えずに、十センチほどのコークのラインを深々と吸い込んだ。

「さっきから、つまりあのバーにいる時からだがオレは感傷的になっていないだろうか？正直に言ってくれないかな」

どうしてそういうことを言うのかわからない、とわたしは答えた。ヤザキはわたしにコークを勧めたりしない。勧められても絶対にやらないとわたしは既に決めている。一昔前までコカインは日本におけるお茶菓子とかちょっとしたお酒のおつまみ程度のものだった。麻薬という感覚はなく、生活を彩る嗜好品といったものに近かった。意識的な学生とアーチストが愛好家だった頃の話だ。コカインは他のドラッグに比べると割高だったのでスラム街の子供達には人気がなかった。それが、一つの流行として田舎に流れ込み始め、スノッブで保守的な人々までが常用するようになって、そのうち安価で危険なクラックが出回りだすと、単なる嗜好品ではなくなった。エイズの問題と合わせて、健康がブームの主流となったわけだが、かつてキッチンドランカーという主婦のアルコール依存症が蔓延したのとまったく同じように、コカインの汚染は深く、拡がり続けている。誤解を恐れずに言ったら、罪はコカインにはなく、アメリカの社会だけが持つ独特な寂しさにある。インテリや金持ちの嗜好品である間は、麻薬はほとんど脅威にはならないからだ。ボブ・フォッシーが全盛期の頃だから一九八〇年代の初頭だが、麻薬を上手に楽しめる、というのが都市に住む人の条件だった。彼は麻薬をコントロールしている、という意味の言葉が、すばらしい、かっこいい、という意味の俗語として使われていたものだ。当時ボストンの小さなカレッジに通っていたわたしはコカインに対して何の抵抗もなかったし、今もない。未だにパイプ煙草や紅茶に入れるブランデーのようなものとして、コカインをたしなむ友人もいる。わたしもたまには付き合って少ない量だが楽しむこともある。だが、ヤザキはそういう友人達とはきっとコカインとの接し方が違うだろう、とわたしは思ったのだ。あのシェリーの飲み方を見れば想像がつくが、それはジャンキーのようなある種の探求心や、キッチンドランカーのような寂しさや、サウスブロンクスやスパニッシュハーレムの子供達が持つ幼稚で生来的な絶望がもたらすものではない。ヤザキとコークの関係がどういうものか、まだわたしには説明できる言葉がない。だが、白い粉を吸うヤザキには、クラック中毒のナイフを持つ少年よりも危険なものを感じる。暴力よりも危険なもの、暴力はそれを忌み嫌い遠ざかればよほどの状況でない限り回避することができる。だが、ヤザキが代表しているものから逃げるのは、わたしに欲望がある限り非常に難しい。ヤザキとコークの関係はそれまでわたしが見たこともない程自然で、しかも官能的だった。初めに話したハイジャッカーのことを考えついたのはやはりバルベイドスという島なんだ、ヤザキはまるでダイエットコークを飲むように七〇年のシャトー・ムートンを喉に流し込みながら、話し始めた。

「そうだ、確かバルベイドスだったと思う、オレはカリブ海の島へはあまり行ったことがない、キューバには数え切れないほど行ったしプエルト・リコやハイチにも一応渡ったことがあるが他の島には行ってない、たぶん行ってないと思う、たぶん行ってないと思うという言い方はおかしいよな、自分のことだからな、でも最近ひどく記憶が曖昧なんだ、自分でも呆気にとられるくらい曖昧になっている、まだ四十を越えて二年しか経ってないし、記憶がおぼつかなくなるような陰惨な経験ってのも別にないんだが変な話だ、そもそも記憶ってのは何で何のためにあるんだろうかと思うよ、記憶もそうだが何が今の自分を支えてるんだろうかとかそういうことだけどね、そういうことを考えたことがあるかい？」

あります、とわたしは答えたが既にヤザキは他人に関係なく喋り始めている。独り言のようにえんえんと喋るというわけではない、うなずくだけの人形では彼の相手はできない。わたしは正直にヤザキの話に反応しなくてはならない、だがわたしの反応は彼に何の影響も及ぼすことがない。ヤザキはコカインに酔って、まるで自意識と格闘しているように見える。

「どうしてオレは今日初めて会ったあなたみたいな人にこんな話をしているんだろう、何回も言っている通りオレはお喋りが嫌いなんだ、お喋りが嫌いだし、欲望を抽象化するのも嫌いだ、欲望を抽象化するなんてひどい言葉を使ったものだ、要するに何かモノを作る奴なんて最低なんだ、欲望を自分で、マスターベーションという意味じゃないよ、アレンジして言葉とか音とか映像とか色とかの配列にするのは大体そもそも下品なことなんだ、信じられないことだがそれは世の人々から尊敬を受けている、オレはイヤだね、こういうさもしい行為は死んでもやりたくないね、プロデューサーはどうかというと地獄に堕ちるっていう意味じゃ似たようなもんだが何かを作り出してるわけじゃないからな、金と人を主に金だが動かしているだけだからな、だからモノを作り出す奴よりははるかにマシだと思う、しかもオレがやっているのは何とミュージカルだ、信じられるかい、ミュージカルだぜ、たくさんダンサーを見てきたよ、九十九・九パーセントはゴミだけどな、それにしても人間って奴はどうしてこんなにダンスが好きなのかね、異常だよ、ダンスってやつは歌よりも何かを象徴してるんだな、いろいろなものを象徴しているがろくでもないものももちろん象徴している、この世にはありとあらゆるダンスが存在するが種類としてはこれはもうバレエ以外にはないし、基準ということでいうと、ダンサーの踊りがうまいかへたかということに尽きてしまうんだ、その他には何もないよ、九十九コンマ九九九九九、九が百くらい続く圧倒的多数のクズのようなダンサーとはまったく関係なく、何人かの天才が存在する、まあそれは厳密には男の場合だけどな、今世紀にはヌレエフとアステアの二人しかいない、男のダンサーということで言うともうこの二人で終わりなんだ、他は全部クズだよ、女は別だ、今、人気のあるプリマを見回してもブスはいないだろう？　そここそ踊れるブスよりもまったく踊れないブルック・シールズの方がダンスというジャンルにおいては重要なんだ、別に踊る必要なんかどこにもなくて細胞の隅を突ついてもダンスのダの字も見出せないような農民の娘達がダンスに憧れてしまう、すまん、こんなわけのわからない話を始めてしまって、でももう止めようがない、オレはモーリス・ベジャールが嫌いだ、昔オペラ座でシルヴィ・ギエムという恐ろしい技術を持つ女性ダンサーが『ボレロ』を踊るのを観た時は鳥肌が立ったし、ここにいるインド人のダンスグループが、いやこのニューヨークにはありとあらゆる国のダンスグループがあるんだよ、そいつらの中で特別にすごい奴はアメリカン・バレエ・シアターかニューヨーク・シティ・バレエかあとはブロードウェーかハリウッドに行く、その下のクラスでラスベガスやマイアミのショーダンサーになる奴らもいて、さらにその下のクラスがモダンとかコンテンポラリーとかわけのわからんフォルクローレなんかをやってる、いやそのレベルでも日本人なんか足許にも及ばないいんだぜ、日本人はまず顔とからだつきで大損するから可哀想って言えば可哀想なんだけどさ、醜いんだよ日本人は、それでインドのダンスグループがベジャールの『バクティ』っていうインドもののバレエを演《や》るのをヴィレッジで観て、これはすごいと思ったんだ、ベジャールってのはすごい天才だと思った、あいつのバレエ団の名前じゃないけど、二十世紀の巨人だと思ったよ、で、結局違っていた、ベジャールは詐欺師だ、あれはダメだ、今あなたにどこがどうダメかを説明して納得させる言葉も時間もないが、『ボレロ』と『バクティ』という二つの作品、それに踊ったのがシルヴィ・ギエムという中性的で天才的な運動能力を持つ女性ダンサーとインド人のダンスグループというのが、例えばシャーロック・ホームズやポワロだったら犯人を見つける決定的な材料になったというところなんだがそんなことはどうでもよくてベジャールには何かオレの嫌いなものオレには到底持ち得ないものが決定的に全部そろっている気さえするんだ、信じられないくらい全部そろっていると言えばいいかな、クラシックバレエというヨーロッパの伝統のシンボルのようなものとそれに敵対するように見せて、それの最高峰のものにはもう対抗できるわけがないから見せかけだけクラシックバレエのカウンターみたいなことをやりながら実際にはクラシックバレエのテクニックにもその権威にも深く依存してしまっている、そういうことなんだ、だがもちろんオレがモーリス・ベジャールを否定したからといってそんなものナッシングだ、ベジャールにその声が届くわけがないしそういった批判は主にロンドンとニューヨークのクリティクスが繰り返し言っていることだからな、ああオレは一体何をあなたに言おうとしているんだろう、何を言いたいかわからなくなっているわけじゃない、今ようやくわかったが何が言いたいのかはオレはよくわかってるんだ、それを伝えるにはまるで言葉が足りない、順序よく話さなければならないしその何かっていうのはもちろんモーリス・ベジャールのことなんかじゃない、オレはよくわかってるし混乱もしていないんだけどそれはとてもインタビューとかエッセイとかであなたに伝えられることじゃない、その何かをオレは四十二年間生きてきて誰に伝えたんだろうかと元気のない時たまに考えることがあるがそういう時の自分はゴミ以下の存在になってしまっていてこういう麻薬を使おうが超能力を使おうがそれが見せかけの単なる代謝異常だろうがどうでもよくなるくらいハイになって脳神経にターボが効いている時にオレは元気のないゴミ以下の自分を憎むようにしている、そもそもそういう伝えるべき何かがあるっていうことが下品で不自然なんだ、そして悲しくなってしまうのはライオンや熊を別にすれば不自然じゃない奴なんかこの世にはいないってことだ、多かれ少なかれみんなベジャール的なものを持ってるってことだ、今のアメリカで言うとその代表はオリバー・ストーンだろう、何かを伝えなくてはいけないという衝動なんかその衝動こそ本質的には恥ずべきものなのに、その衝動がまるで尊敬されて当然なものとしてふるまうんだ、優れたものにはみなシャイネスがある、何かを伝えなくてはならない人間はそれが本質的に欲深いことでさもしくて不自然だということを知っていなくてはいけない、オレはレイコとケイコには伝えたいことの三割から四割といったところを伝えることができたと思う、ケイコとは今でもたまに電話で話したりする、レイコとはもう会わないと決めたしもちろん電話もしない、オレはあいつから自由になりたいとこの二年間思い続けてきたしそういう自分をずっと憎んできた、レイコにはずいぶんいろいろなことを話したし伝えたよ、それもこういうお話を含めてセックスとドラッグとビジネスが絡んでいたからそれがいかにデフォルメされてディテールや本質が歪んでもとにかく大量の情報を伝えることができたんだ、一つ確実に言えるのはオレが何かを伝えるということを本質的に憎んでいるということだ、この世にダンスなんか本当は必要でもなんでもなくてダンスをそれもクラシックバレエのように極端なマゾヒズムに支えられてあまりの完成度のためにマゾヒズムから自由になってしまったようなすごいダンスを必要としてそれを長い間かけて作り上げたということが本当は敗北の何よりの証拠なんだよ、これはニヒリズムじゃない、単なる正解だ、思い出すな、こういう話をケイコやレイコはいつもきれいな顔をうっとりさせてお利口さんにコクンコクンとうなずきながら聞いてたよ、まさに、カスみたいな風景で何かカスみたいな思い出だ、昔あるファッションモデルに憧れていて別に世界的に有名とかってそういうんじゃないけど、ただ背が高くて脚が長くて話すこともそれなりにしゃれてるっていう上品なモデルでそいつと、どこだったかな？　赤坂かニースのホテルでシックスナインをやった時にその女のあそこにたくさんあれは何ていうんだっけ？　悪いな初めて会う人にこんな下品な話をしてしまって、とにかく酸っぱくてそれが好きなのは変態だけっていう成分不明の、女のあそこの分泌液がチーズみたいに固まった白いカスだよ、そのカスみたいな思い出だって言いたかっただけなんだ、こうやって今と同じようにコークに酔ってえんえんと夜が明けるまでいろんなことを話したしそのいくつかは仕事としてつまり他のほとんどの連中がとても意義あることとして考えている創造とか表現とか映画とかその脚本とかキャスティングとかミュージカルとかそのコリオグラフィーということとして実現して見せたりした、そういうことが今カスだって思えるんだ、本当にあのファッションモデルのあそこのヒダヒダにはさまって変態しか喜ばない匂いを出す白いカスのようなモノだったよ、モノを作るのはろくなことじゃない、いつだったかな、妙なやっつけ仕事で日本に戻ってそれほどでかくない規模でオーディションをした、五十人くらいの若い女優やダンサーに会って最終オーディションに四人残したのかな、夏休みの子供向けのミュージカルで主演だけが日本人というやつで、他のメンバーはニューヨークからもう既に呼んであった、PJという元アメリカン・バレエ・シアターのコリオグラファーと一緒にオーディションをして演出家は何とかっていう日本人でそいつはゴミの中のゴミみたいな奴だったからオレとPJで全部決めた、オレがあんまり無視した態度をとったので日本人の、クリームパンとかおでんとかししゃもとかそういうどうでもいい食いものみたいな顔をした演出家は、一度オレに殴りかかってきたりしたがその当時はまだバブルもはじけきってなかったし立場はオレの方が上でそいつは代理店にいつもなだめられながら仕事をしてでも笑わせるんだが最後にオレに勉強になりましたなんて言ってあれは本当にとんでもない奴だった、完全に無視してオレはＰＪと一緒に女達と会っていった、ＰＪは完璧なゲイだったしたしなむ程度にはアッパー系のドラッグが好きでそのシルクのジャケットの内ポケットにはいつも二、三錠のエックスかスピードを忍ばせてガキの集まるクラブとかへ出かけて行っていたから別に欲求不満はなかったはずなんだが十人二十人と女達に会ううちにイライラしてきてそれは女達を踊らせるごとにそのイライラが倍加されてつまりＰＪは正直な奴だったのさ、どうしてこんな顔とからだと運動能力のくせに踊りたいという意志を持つことができるんだろうとオレの誘導訊問でＰＪは本音を吐いたよ、踊るのは気持ちがいいがそれを誰かに見せて金を取るとなるとまったく別問題になってくるっていう当り前のことに信じられないんだが日本人はあまり気付いてないんだね、村の盆踊りに参加するような熱意と気軽さでダンスのオーディションにやって来るんだよ、四日間のオーディションで初めはシリアスでスケベなジョークを交わして不快をごまかしていたんだが三日目の夜にもう限界が来てしまってイケニエがなくてはこの仕事は続けられないとＰＪは言いだしてオレも賛成だったんだがどうしてそういう残酷な結論というのはいつも正しいんだろう、カナモリサナエという中肉中背でとりあえず皮膚の薄いバレエ顔をした二十代半ばの山形出身の女が現れたんだ、オレとＰＪはもう触れると先走りの汁がタラーンと垂れてくるくらいオーディションの女達に対して残酷になってたけどそれはしようのないことで、例えば何か自由に踊ってくれと言った時にオットセイみたいな顔とからだのくせに『ジゼル』を演ったり偉そうな顔で眉間《みけん》に皺を寄せてそのへんのローラースケートを履いたガキのブレイクダンスをやったり中にはシリアスに新体操をやり始めるのもいて、そいつは何とかという元アイドルらしかったけど、そういう許し難いシチュエーションの果てにカナモリはやって来たんだ、悪い予感がしたよ、そいつの芸歴の資料を目にしてこれは我慢も限界だなとピンと来た、山形で八歳からバレエを始めてすぐにモダンに転向という恥知らずな始まりで、十五歳の頃から地元の高校で創作ダンスを発表し東京の誰それさんからおほめの言葉を頂くってまあそういう調子だったよ、十七歳で渡欧、シュトゥットガルトとベルリンでパフォーマンス、だとよ、しかしオレはどうしてこういうディテールをよく憶えているんだろう、たぶん絶対に許せないんだろうな、ベルリンでは現地のグループと共に街頭でのパフォーマンスにも参加、だってもう止めてくれってんだよまったくベルリンは美しい街だぜ、行ったことあるかい？　オレはレイコとケイコと行って暗い間はグランド・ホテルのスイートでずっと動物園ごっこをやってたからそんなに街は知らないけどきれいな街だよ、そんなところでパフォーマンスなんか勝手にやりたいし市も許すからって本当にやっちゃだめなんだよ、神と市は許すかも知れないけどオレとＰＪは絶対許さないことに決めたんだ、それでそのカナモリサナエはオーディションで何をやったと思う？　カナモリは『ライフ』というタイトルのパフォーマンスを始めた、音楽はシェーンベルクの『浄夜』だった、オレとＰＪはもう開いた口がふさがらなかった、ライフ、そうカナモリは誕生から死ぬまでをダンスで表現しようとしたんだ、下手なダンスでだぞ、誕生、入学、遊び、青春、何とかかんとか何とかかんとか、死、オレはカナモリをオーディションの後ホテルに呼んだよ、まあこのミュージカルに使うかどうかは別にして君とはいろいろと話したいことがあるのだ、まあ、と言ってカナモリはカエルみたいな顔でよろこんだよ、いつも使う赤坂の超高層ホテルのバーで会った、スノッブでハープの生演奏が入っているような吐き気のするようなステキなバーでカナモリは緊張のあまり顎とか肩が震えてたよ、今からお前がどんな人間かオレがとことん教えてやるよ、と思いながら、カナモリさんはニューヨークとかは興味がないの？　とオレは話し始めた、百姓にふさわしく酒飲みで、この世でドン・ペリほどうまいものはないと信じていて、キャビアとかフォアグラをよろこんで食った、少し酔いが回ったのを確かめてからＰＪはニューヨークで自分のプログラムを持った大変なプロフェッサーであなたに興味を示しているんだと言った、あなたがどんなリアル・アートの世界にいたのかは知らないがショービジネスのルールは知ってるだろう、と言うと肩が震えだしたよ、ＰＪと寝るんだとオレは言った、あいつはエイズじゃないしちゃんとゴムも使う、あいつはここの二十八階のスイートに泊まっている、今から行って寝るんだ、カナモリは本当に泣き始めた、顔が涙で歪んで何て醜いんだろうとオレは思った、そんなことできません、と泣きながら言った、ショービジネスに魅力を感じないんだったらそうやって甘えながら生きがいみたいなクソを背負ってパフォーマンスをやり続けるんだな、カナモリはずっと泣き続けて、オレは、じゃあ、と席を立った、二十八階のスイートにはPJじゃなくてもちろんオレの部屋があった、でもPJも一緒にいてくれてカナモリが来るのを待つことにした、来なくても泣かせたから別にいいかと二人で麻薬ではなくコニャックを飲みながら話していると、午前零時頃、ピンポーンが鳴って、カナモリが立っていた、カナモリサナエはサディストだったらよだれを垂らして喜びそうなイケニエのポーズでドアの向こうに立ってたよ、妙な服を着てたな、二十六歳だっていってたけど黒のレース地の、あっちこっちがヒラヒラしてるようなやつで、下のバーで会った時と違ってたから急いでアパートに戻って着換えてきたんだろうと思ったんだが、たぶん自分を悲劇的に、かつエレガントに見せようとそういう服を着てきたんだと思うんだけどな、イケニエのポーズっていうのは顔や姿勢が恐怖でいっぱいというやつじゃないんだ、しっかりした顔付きで立ってるんだがどこか一点が不安に揺れてるんだよ、肩とか頬とかじゃないんだ、やはりひざと鼻の穴なんだけどな、そのあたりが不自然で醜くて目立つんだ、オレを見て彼女は意外そうで複雑な顔をしたよ、半分くらいは安心したんだろう、両刀使いの毛むくじゃらのアメリカ人が裸の上にガウンを羽織って待っていると思っていたんだろうが、まあ入れよとオレは言った、すごい部屋だって顔をしたよ、主催者を軽くおどして用意させたスイートルームだったからアホみたいに豪華だったんだ、二十三区の東半分が見渡せてソファセットが三つもあってアップライトのピアノや四十三インチのテレビモニターもあって、そういうのをいちいち眺め回しながらカナモリサナエは勧められたソファに坐った、いいソファだった、家具にはあまり詳しくないがイタリアとかスペインとかのソファだったと思う、ふくらはぎの筋肉がよく発達した割に全体的には貧弱な感じのする脚がきっちりと織り込んであるデリケートな色あいのソファから恥ずかしそうに突き出されていた、そういう時オレはなぜかすぐにナチスのことを思い出してしまうんだ、何かに対して敏感なんだろうな、恥、ということだと思うんだけど、ＰＪはホテル内の鉄板焼き屋で松阪牛のテンダーロインを三百グラムも食ったばかりでわいせつで狂暴な怒りが満腹のためになごんでしまっていて、何とかして楽しませてくれよとオレに目で合図をよこしてた、そうだ、こういうことのすべてはケイコとレイコと出会ってから起こったことなんだ、やはりオレにとってあの二人と過ごした時間は大きいのかな、革命前とか内乱の前とか何か節目になる前ののどかな時代のことを話しているような気になってしまうよ、もちろん今のオレが残骸であるとかそういうわけじゃない、オレはロマンチストだがバカじゃないからな、刺激が足らないのかも知れないし、欲望の対象が見つからないのだろうと思う、ああ、カナモリサナエのことだったな、あんな女のことはどうでもいいんだが、どうでもいいっていう割には変にディテールをよく憶えてるんだよな、カナモリサナエとそういう意味のないゲームをしたのはちょうどトマス・ハリスの『レッド・ドラゴン』が発表されたばかりの頃だった、映画としてはもちろん小説としてもオレは『羊たちの沈黙』の方が好きなんだ、あの静けさが好きだ、アクション・ペインティングやミニマム・アートやポップやハイパー・リアリズムにあった趣味のいいあきらめがあの世界にはある、リアリティがあるのはテクノロジーと異常心理だという静かで美しいあきらめだよ、レクター博士というのはこの十年でアメリカが生み出し得た最大のヒーローだが、ああいう形をとらざるを得ないこの国はどれほど疲れていてもやはりグレイトだと思う、正直だものね、男が女に対して優先権を得るのはやはり情報なんだときちんと言えているところが『羊たちの沈黙』のよい点なんだ、力関係であることには違いないけど力の有無を決定づけるのが暴力ではなくて情報だということだけどね、みんな同じだと思うけどオレはレクター博士が好きだよ、何で彼のことを今言うかというとカナモリサナエとオレのやりとりがハンニバル・レクターとクラリス・スターリングのやりとりに似ていたからだよ、どうして踊るのがそんなに好きなんだ？　とオレはまず聞いたよ、ＰＪはブルゴーニュのくそ高い赤ワインを浴びるほど飲んでいてもうベロベロでほとんど口をきくこともできなくて目をトロンとさせてニヤニヤ笑いながらグランド・シャンパーニュのブランデーを本当にうまそうに飲んでいた、『からだが正直に反応するからです、それに言葉も要らないし』とカナモリサナエは答えたよ、オレはカナモリにブランデーを勧めながら、ＰＪにはオレとカナモリの会話を英訳してやった、簡単な英訳だけどな、カナモリにはブランデーをストレートではなくロックで飲むように勧めたよ、その方が喉が焼けない分だけ量が多く飲めて早く酔えるんだ、セクシュアルな要素を含んだ会話のゲームの時はとにかく酔った方がいいんだよ、麻薬が一番いいんだけどカナモリみたいなまじめでバカな女は最悪のことも考えなくてはいけないからそれはやらなかった、最悪のことというのは頭がおかしくなって警察に電話をするとか自殺するとかそういうことだけどね、自分が踊りに向いてると思ったか？　と次にオレは聞いて、『それはよくわからなかった』とカナモリは答えた、『でも、今でも踊り続けているわけだからきっと合っていたんだと思います』君の踊りはどのくらいのレベルだと思う？　『とても低いレベルだってわかっています』どのくらい低いか、何を基準にして低いと思うかと聞いてるんだ、『海外でもいろんなダンスを見て、そういうダンサーに比べるとレベルが低いことがわかります』海外では何を見たんだ？　誰の踊りに感動したの？『ピナ・バウシュです、あとはマギー・マランとか』日本人がヨーロッパのコンテンポラリーダンスに感動するのは間違っている、とオレは言って、その理由を説明した、それは楽譜が読めないからという理由でジョン・ケージ以後の現代音楽に身を寄せるのと同じだ、クラシックバレエという大きくて高い壁は無視できるものではないし、それに対抗できるポピュラーダンスもないというのが日本人の置かれた状況だろう、そこからはどこにも逃げることはできない、君のダンスはレベルというものが設定できないほどひどいものだ、まずそのことを骨身に染みてわからなくてはいけない、自分のことをクズだと思うのは勇気がいるがそこからしか出発できないんだ、わかるか？　そういう風に言うとカナモリサナエは意外な展開に少し驚いたようで泣き始めたが素直にうなずいたよ、すぐにセックスを始めなければならないと覚悟して来たのに厳しくても愛情に充ちた説明を受けてバカだから感動していたんだと思う、厳しいことを言われただけで感動してしまうバカは掃いて捨てるほどいる、レイコだってそうだった、才能がないために自分の好きなことで楽しんだという記憶がないから厳しさを愛情ととり違えるんだ、本当に可哀想な連中だよ、あらゆることは楽しみではなくて自己克服の手段なんだ、だからどんな意味においても執着がない、カナモリが泣き止むのを待ってオレはプライベートなことを聞き始めた、どこかプロダクションに入ろうとは思わなかったのか？『ダンサーのグループにしても、歌劇団は身長がないから絶対に入れないし、タレント事務所みたいなところはイヤだったし、わたしを活かしてくれるところはないと思ったので、どこにも属していないんです』身近に君を理解してくれる人はいるのか？『友人のような恋人のような兄のような人がいますが、つい最近別れてしまったんです』カナモリは最も聞きたいことをずっと下のバーから聞けないでいた、つまり自分はオーディションに合格してその後にこういう扱いを受けているのだろうかという疑問だ、最も答えにくいプライベートなパートナーのことを少し話した後でそのあたりをモジモジしながら聞いてきた、そういう真剣な問いを発する時にはカナモリの顔と雰囲気は一層地味に醜くなったよ、『わたしはこのミュージカルで踊れるんですか？』女は悲しいなんて言うとそのへんのフォーク歌手の大御所のようになってしまうがそれは醜い女はもともと醜いということに尽きるんだけどな、『オーディションの結果をこういう形で聞いてもいいのでしょうか？』相変わらずひざがもじもじして、たぶん喉がカラカラに渇いていたんだろう、かなり速いペースでブランデーのオン・ザ・ロックを飲んでいて頬っぺたが赤くなっていたよ、まるで大昔の写実画にある農家の娘のようだった、不思議なものでそういう必死な姿を見ているとエロティックでいじ悪な気分が萎《な》えてしまうんだな、もうどうでもいいやという気になったんだが一度決めた処刑はよほどおめでたいことが起きないと覆してはならないから、オーディションの結果なんか言えるわけがないだろう、とオレは無慈悲な態度を崩さずに言ったよ、君がどう思おうとそれは勝手だ、最終オーディションに来た全員にオレ達がこういうことをして単に性的にいい思いをしようとしているだけなんだと思ってくれても別に構わない、とにかくミュージカル女優を一人だけ選ばなくてはいけないんだ、公演回数が少ないからダブルキャストは考えていない、誰が選ばれようとほとんど死ぬ気でやるような集中力を示して貰えないとこの役はできない、考えていたよりもはるかにレベルは低かったからね、そうやって話しながらオレ達はあんたが何をどれだけ捨ててこの仕事に打ち込む決意があるかを見ているわけだよ、そんな決意なんか必要ないくらい自分には才能と力があると思っているんだったら、今すぐこの部屋を出て行けばいいことだ、それがわかるかな？『わかります』コクンと首を上下に振ったよ、カナモリサナエの顔もからだも全部忘れたがそのうなずき方とかタイミングとかはよく憶えている、農家の娘はオレが聞きもしないのに何かさらに真剣な表情になって話し始めたよ、オレにとってはレイコとのその後についての前兆のような話だった、『その男の子のことを少し話してもいいですか？　本当につまらない出会いだったんです、こんなことを誰かに話すのは初めてですがもちろんそんなことで何か特別なイメージをわたしに持って貰おうとは考えていません、ただこういう風に私の何か、わたしの一部を強烈にわかって貰いたいと感じたのは生まれて初めてのことなのでこうやってお話ししているだけです、彼は二十代後半なのに何かどこかひ弱な感じがして決まった仕事もなくてわたしと出会った頃はコンビニの店員をしていました、深夜にわたしが買物に行ってそれで少し話をして彼の仕事が終わるのを待って二十四時間営業の喫茶店に行ってそこでいろいろ話しました、彼はおじいさんとおばあさんに育てられて、わたしは父親がとてもだらしのない人で、両親とか、自分が受けたと思っている傷について二時間近く話してその夜というか明け方からもう一緒に住み始めました、わたしはガチガチに硬張《こわば》った彼の裸の肩とか胸を抱いてあげて何かが溶けていくような幸福な感じを味わいました、この男の子には自分が必要なんだなと思ってそれまでに経験のないあたたかな気分になりました、当り前のことですがそれはわたしにもあった母性がよろこびに震えていたわけで、わたしが彼を必要としていたんです、彼がどういうところに住んでいたのかはわからないけどわたしの六畳と四畳半の狭いアパートに彼が転がり込んできたわけです、彼は詩を書いたり無言劇の脚本を書いたりしていました、でもわたしみたいにこうやって外にオーディションに行くということはなくてアルバイトを繰り返しながら自分だけでごく少数の友人に見せたりしながらコツコツとやっていて、真剣なんだな、この人はその辺の男の子達とは違うんだなとわたしは思ってしまいました、もちろん今では単純に外に向かう勇気がなかったんだとわかっています、彼は傷つくのを恐れていました、そのことは最初に会った時からわかっていたんですがこれほどのひどい状況で生きてきた人はわたしのまわりにはいなかったので何か非常なリアリティを感じてしまったんです、両親は離婚して最初母親のところに彼はいたんですが新しい恋人がすぐにできて母方のおじいさんの家に預けられてしまうんです、小学生の時に彼は十回以上両親をそれぞれ訪ねるためにかなり長い旅をしています、汽車で何時間もかかる旅で無賃乗車のプロになったと笑って言っていました、三回くらいおじいさんやおばあさんにひどい暴力を振るっていろいろな施設に入ってそこでもひどい目に遭ったそうです、本当におじいさんやおばあさんを殺そうと思ったことが何百回とあるそうです、別におじいさんやおばあさんに何かお仕置きとかされたわけじゃなくて優しくして貰ったそうなんだけど、何と言えばいいのかしら自分が愛情を持つ者に対してどんな残酷なことをしてもいいんだという気持ちになったらしいんです、それは父親が時々母やわたしに暴力を振るう人だったのでわたしにもよくわかりました、結局彼は自分が受けた傷から自由になろうとしない弱い人だったのですがそれはわかっていましたしイノセントな点は本物で、バカなことのように聞こえるでしょうが日本で行なわれている表現とかアートと言われることのほとんどすべては下らないという本当のことを繰り返し教えてくれました、重要な人だったんです、二年と少し一緒に住んでいました、旅行したこともないし何か特別においしいものを食べたこともありません、一緒に楽しむということを二人してお互いに禁じていたところもありました、わたしが海外に行ったりする時は、一人で、あまりアルバイトにも行かずにじっと部屋でまるで貝のように待っていたようです、暗い人ですよね、何週間か会えない間、わたしの持ちものを、例えばスカーフとかネックレスとかそういうものを身につけていていいかと真剣に言ったりしました、わたしはでもそういうことによろこびを感じていたんです、二人とも必要最小限のお金しかなかったからレストランにも行くことがなくて一番安いお米を買っておかずを一品作って一日に一回は一緒に食事をするようにしていました、今でもそういう生活を憎んだりバカにしようとは思っていません、わたしにとっては本当に必要だったのだと思っています、必要じゃないことは決して起こり得ないんだってこともよくわかりました、ただ別れようと言いだしたのはわたしですがこのままではダメになるとか彼との暮らしがぬるま湯のように見えてきたというわけではないのです、うまく言えるわけもありませんが何かが違うという気持ちが大きくなってきたんです、自分のことをわがままだとか身勝手だとか思いましたが彼はそういう風には決して言わずにサナの気持ちはよくわかると言ってくれました、あ、彼はわたしのことをサナと呼んでいて、正直言ってそう呼ばれてわたしはうれしかったんです、誰もそういう呼び方はしなかったのでその響きが新鮮で呼ばれるたびに胸のあたりがムズムズしていい気分になりました、サナ、ボクらはとてもいい時間を一緒に過ごしたんだよ、と彼は別れる夜に言いました、それを聞いてわたしは初めてこの人の言葉とそれにこの人のすべてがわたしは好きだったんだと思ってえんえんと一晩泣きました、泣くことを自分に許したんです、好きなのにある人と別れるということが結局は自分に力がないことの証拠なんだということもよくわかりました、とても悲しいけれど妙に晴ればれとした感じがして自由なんだと思いました、本当のことを言うときょうで別れてやっと十日目なんです、だから彼からは毎日電話がかかってきてきょうもさっき着換えに戻った時に電話で話しました、先生がわたしに言ったことも正直に彼に言いました、そのくらいのことはあるだろう、と彼は言いました、サナはどうしてもそのミュージカルに出たいんだね、そういうものがあるのはいいことだよ、とやせ我慢に決まっていてそういうマゾヒスティックな感じはあまり好きじゃないんですけどわかって貰えて、がんばらなきゃいけないと思いました、わかって貰えるでしょうか？　もうわたしには捨てるものは残っていないんです、わたしはこのミュージカルに限らず仕事というものに対して自分を追い詰めたんです、それも誰かに教えられたわけじゃないし、目を血走らせてやったわけじゃない、あ、歯を磨かなきゃという感じで淡々と自分を追い詰めました、どんなことでも覚悟していま す、言って下さい、どんなことがわたしの決意になるのか言って下さったら何でもします、それが何なのか言って下さい』それでオレが言おうとしたら代わりにずっと英訳を聞いていたPJが笑いながら言った、ねえちゃんまずシャワーを浴びてケツの穴をようく洗って来てくれよ、おれはそのままカナモリサナエに伝えたんだがさすがに顔色が変わったよ、ケツの穴なんて表現にしないでもう少し上品な言葉を使ったんだがそれがさらにカナモリサナエのプライドを奪う結果になったと思う、もちろんオレはそのくらいのことは計算して翻訳して言ったわけなんだけどさ、確かオレはお尻の穴って言ったんだ、カナモリサナエは顔色を変えたよ、顔色を変えるってよくメタファーでも使うけど本当にそうなった人間を見たことはあるかい？　それは単に脳内の代謝物質の分泌が狂って血液の流れに異変が起きるだけなんだけどバカな文学者達はそこにカラマゾフ的な人間の殺意の原点を発見したりするだろう、ただし退屈な時はそれはよい見世物になるもんなんだ、そういう時の人間をよく、切れるとか切れてるとか言うがまあ本当に血流が狂うから切れるっていうのもまるきり当たってないわけじゃないんだろうけど、結局それは殺意なんだからな、脳の中に自分では到底制御できない何かが入って来てしまってバチンと弾《はじ》ける、それを受け入れるのは本当に難しくてその許容不能な信号に対してはマゾヒスティックになるかサディスティックになるか基本的には二つしかない、勘違いしないでくれよ、切れた瞬間に殴りかかってきたりナイフを構えるような奴もマゾヒスティックになってるわけだからな、サディスティックな受け入れ方というのはまずクールになれと自分に強く言い聞かせて弾けとんだインプットの配線や受容器を我慢強く修理してとりあえず血流の乱れから自由になろうとする努力のことを言うんだ、それはたいてい、その、受け入れ不能でショッキングな情報か受け入れることのできない自分かあるいはその両方を笑いとばすという方法に頼ることが多いけどね、ユーモアやウィットというのはまさにそのために誕生したようなもんなんだ、カナモリサナエはそんな対処の仕方はもちろんできなかったよ、殴りかかるとかナイフとかそういうのとは別のタイプのマゾヒスティックな対応にすがるしかなくて、それは頬を赤くして下を向いて唇をかみしめるといったものさ、それはけっこうよい眺めなんだ、頭の中は真白になって怒りに燃えて最愛の人を侮辱された気になっているのにそれに耐えなきゃいけないんだからな、そそられるよ、このオレがちょっと興奮したからね、そういう奴を前にしていろいろやり方があるんだけど幼稚なのはさらにどんどん追いつめていくってやつなんだ、切れた神経がくっつかないようにさらに攻撃していくわけだがそれは案外効果がないもんなんだよ、コントロールできなくなったと判断した脳は、反撃する準備を整えていて、その方法を捜しているから、こちらが攻撃を加え続けると、このカナモリサナエの場合なんかは、オレへの憎悪を発生させて切り抜けようとするんだ、こういう奴は絶対に許さない、こんな奴にはいつか必ず復讐《ふくしゅう》する、目に涙をにじませてそういう風に誓うと殺意は増幅されるけど対処はしやすくなるんだ、カナモリサナエの目は怯えと憎しみの涙がにじんで頬は色を失った後に赤くなって、唇とか顎の先とか肩のあたりがプルプル震えていたよ、ふざけんじゃねえバカヤローと怒鳴って帰れ、という信号と、今までの努力をムダにするな我慢しろという信号がデジタルで反発し合ってただ心臓だけがドキドキしてたんだ、この街のバーかなんかで口論していて相手が別にチンピラじゃなくても例えばポリスとかでもそういう目になったらもうアウトなんだよ、百パーセント、撃たれるだろう、ビジネスの相手がそういう風な顔色になって肩をプルプル震わせたりしたらどう転んでも商談は破れる、だがオレはそういう目が好きなんだ、そういう目の演技はデ・ニーロのおはこだしそういう目を使った演出ではスコセッシがすばらしい、デ・ニーロは他の顔の筋肉を使わないで目の動きだけで神経が切れた状態を表現することができるが、ハリソン・フォードは頬の筋肉を震わせるんだ、オレの目の前にいたのはデ・ニーロでもハリソン・フォードでもない普通の女のカナモリサナエだよ、銃を持ってるわけでもないしビジネスのパートナーでもないし、演技でもないからオレは恐くも何ともないわけだろう？　東京で昔つるんで遊んでた連中の中にはサラ金に追われてる女だけをターゲットにしていた男が二、三人いて、そいつらは借金を肩代わりしてやる代わりに二十四時間その女を自由にする、サラ金の借金って言ったって億なんてのはシロウトには無理だよ、五百万から一千万ってとこでバブルの頃には屁みたいな金だったから一ケ月に一度はそうやって遊んでたよ、オレも一回招待されたことがあるが一千万も借金する女っていうのは基本的にパーだからな、どんなに恥ずかしいことをやらせたって面白くもなんともねえんだ、そりゃやり放題だよ、でもＳＭは日本で今流行《はや》りで少女漫画にだって登場するからやられる方だって覚悟して来てるんだよ、これを我慢すればもう取り立て屋も来ないって身を固くしてひたすら耐えようと決めてるからどんなことやったってさっきから言ってるような目付きにはならないんだ、オレが好きなのはその目付きなんだからさ、殺意があふれてるのにどうすることもできないっていう目付きなんだ、で、その目付きは神経がコントロールを取り戻したところで元に戻ってしまうから、ある種の拠りどころみたいなやつを決して与えないようにしなくちゃいけない、とりあえずカナモリサナエのような場合には憎悪に向けて彼女が逃げ込めないようにしなきゃいけないんだ、だからオレは言ったよ、ＰＪは酔ってるんだって、オレもずっとここにいるからあなたのからだに医学的な傷が付くようなことはしないよ、そう言ったらあのバカは大昔の母もの映画のヒロインみたいにコクンコクンうなずいてたよ、本当のアホだ、でもとりあえずシャワーは浴びてきた方がいいとオレは言ってバスルームの場所を教えてやった、そのホテルのスイートルームのバスはここのプラザのスイートを真似てあってふんだんにゴールドが使われて窓から外が見えるようになってて、もちろんプラザより給水の勢いがいい、バスルームに連れて行ったらカナモリサナエは、まあ、と言って喜んだよ、ロスの有名なコールガール組織の女ボスの言ったことは正しいとそういう時に思うね、誰だって豪華できれいなものが好きなのよ、だから娼婦になるの、うん、正しいかも知れないと思うね、どうでもいいけど正しいんだろう、ブラウスの釦《ボタン》を外しながらカナモリサナエは何とオレにキスしてきたんだ、ブヨブヨした唇だった、ハンニバル・レクターやあれは何と言ったっけ何とかダラハイドっていうトマス・ハリスの小説に出てくるカニバリストの気持ちがわかるなと一瞬思えた唇だったな、キスして気持ちがいいというより、食ったらうまそうだっていう感じだったんだ、でもキスしてきたのには驚いたな、服を脱ぎながらずっとキスを止めなかった、ブラウスを脱いでキス、スカートを脱いでキス、ストッキングを降ろして裸になってまたさらに強く抱きついてきてもうお互いの顔がよだれだらけになるくらいキスしてきたよ、まさか、と思いながら尻に手を回して割れ目を探るとこれがグショグショになってた、何で濡れてんだこの女はと思ったがまあそんなもんなんだろうな、とりあえずシャワーを浴びておいでと言ってリビングに戻ると、ＰＪが沈没寸前で、部屋に帰るとスイートから出て行ってしまった、何かイヤな予感がした、ＰＪがいる時は単純なプレイだったんだが一人になると妙にシリアスになってしまった、つまり何ていうか、レイコのことを思い出してしまったわけだ、変に焦ってシャワーを浴びてきたんだろう、肩に水滴をつけたままバスタオルを巻いてカナモリサナエが現れた時、お前はいったい何をしてるんだっていう耳鳴りのような、何ていうのかな、港で聞く汽笛のような声がどこからか聞こえてきてまずぞっとしたよ、あれ、彼はどこへ行ったんですか？　とカナモリサナエがグランド・シャンパーニュのコニャックを飲みながら言って、その拍子にバスタオルが少しずれて形のいい胸がみえたんだが、オレは既に最悪の気分になりつつあった、わかった、また波が来るんだな、と覚悟したけど、部屋の照明が少し暗くなったような気がした、照明というのは、心臓と不安の関係と同じなんだ、不安になると心臓の動悸が起こる、だから心臓の動悸が起こると不安になるよな、部屋の灯《あか》りが微妙に暗くなると子供の頃からオレはひどい寂しさを感じたもんなんだ、しかしまあ灯りこそは精神を映したものだと思うね、波というのは聞こえないが要するに傷が力を奪おうと襲ってくることなんだ、レイコがその傷をオレに振るまった、オレはカナモリサナエに言ったよ、ちょっとオレは変わってるんだよ、すると、知ってます、と彼女は言いやがったよ、カナモリサナエからバスタオルを剝がして裸にすると、レイコの裸がまるで完璧な女神のヌードのようだったとオレの全器官が訴え始めた、内臓が言うんだぜ、目とかオレのあそこが拒否するんじゃないんだからな、胃とか肺とか肝臓が、こんな女とやるんですか、と言うんだよ、そんなにみすぼらしくなってまであんたはセックスがしたいのかよって、いや、頭ではわかってるんだ、別にレイコが完璧なからだをしていたわけじゃない、もう二度と手に入らないとわかってるから美化しているだけだ、と頭ではよくわかってるんだ、だがもう重くてイヤな臭《にお》いのする液体の中にどんどんひきずり込まれるように自分がどんどんみすぼらしくなっていくのがわかるんだ、頼む、とカナモリサナエに言う、はい、とカナモリサナエがオレの方を見て、レイコの声を思い出してしまう、はい、と言っているのは別の女だがオレが聞いているのはレイコの声なんだ、そのまま床に手をついて這って尻をオレの方に見せてくれ、尻を高く上げてオレのが欲しい欲しいって思ってベチョベチョに濡らせよ、そう言うとカナモリサナエは言う通りにした、見ろ、とオレは自分に言ったよ、悪くないじゃないか、一応これだって尻だよ、下手なダンサーだが一応ダンサーの尻だ、レイコより丸くて色は白い、他の男だったらレイコよりこっちを選んでしまう奴もいるかも知れないぞ、でも当り前のことだがそれはレイコのあの筋肉がまあるくかわいく両側についていつもオレの手の中でもぞもぞ動いて必死に、こいつ狂うんじゃないかと思うくらいオレを喜ばせようとしたレイコの尻じゃないってことははっきりしてた、この尻はレイコの尻じゃないからもう止めろ、もうこの女を帰せ、そして静かに眠くなってくるまでコニャックを飲めばそれでいいじゃないか、オレはその時のカナモリサナエと同じ格好をレイコにさせてオレの方はコークを吸いながら洋もののレズ・ポルノを見て、あ、その時はレイコにはしっかりアイマスクをするんだけどな、尻の穴の粘膜にコークをすり込んでやって、あいつが自然と尻をムズムズさせるのを見るのが最高に好きだった、他の女を呼んでその女をいじめてやってその声を聞かせたこともあるが、プライドのあるマゾヒストはそういうことをイヤがるんだ、あいつは本当にオレから性的にいじめられるのが好きだったんだ、この、オレからだ、あいつが他の男と結婚したいと言いだして、そいつがオレと女を争うような奴じゃなくて、渋谷とか新宿で石を投げれば当たるようなゴミみたいな奴だってわかった時、オレはその若い男とはあんなことはしていないはずだと思って自分をなぐさめたんだが、そのあんなことっていうの中心がその、床に両手をつかせて這わせて尻の穴にコークをすり込んでそのまま放っておくってことだったな、ひどいだろう、いやオレがだよ、その若い男は青山の中華料理店の店員だったそうだ、何なのか今でもよく知らない、もちろん、会ったことはないし、他から耳に入ってくるだけだ、吉祥寺の駅前でティッシュを配ってるような奴だそうですよ、六本木のレコード屋の店員らしいですよ、渋谷のピアス屋の技術者らしいですよ、何だってよかったし、アルバイトでいろいろやったんだろうし、とにかくどうでもよかったよ、あんたみたいな有名なプロデューサーじゃなくてよかったじゃないかって言う奴もいた、そんなもんどうでもよかったんだ、その若い男とはオレみたいなことはしていない、そういう風に思わざるを得ないオレは最低だと思ったし、そんなことはないオレとやっていることはその若い奴と全部やってると自分に言い聞かしたけどあの頃はだめだった、ひどい嫉妬だよ、オレがいつもやっていたようにその若い男の硬くなった、ペニスっていってもいいが、ペニスだからしようがないもんな、ペニスが犬のように高く上げたレイコのおまんこに何度も出入りして、ヌルヌルになったやつが次にはアナルに入っていく、そういうところだけがいつも波のように定期的にオレを襲ってきて想像させたんだ、そんな時に他の女にレイコと同じような格好をさせてどうするんだ、オレは負けたよ、だめだと思った、あれほどすごい敗北感は味わったことがない、どうしたら負けずに済むのかまったくわからなかった、レイコにってことじゃないよ、自分にだ、オレはあの時負けるべきじゃなかった、カナモリサナエにあらゆることをやらせるべきだったんだ、レイコと同じようにぱっくり割れたところから光りながら汁が流れ出てたしレイコの場合と同じようにそれがまるでナメクジが這った跡みたいに見えていたわけだからさ、何でもしてくれというようにヒクヒクと動いていたよ、だがオレは裸になるのが恐かった、くわえさせたり手でやらせたりアナルに入れたばっかりのやつをくわえさせたりするのがものすごく恐かったんだ、レイコと同じような快楽があるはずがないと思ったわけじゃないんだ、何かに気付くのが恐かったんだろうと思うよ、どうせ出すんだったらきれいな顔をした女の子の口に出すのが気持ちいいに決まっているだろう、みじめな思いをするのが恐かったんだと思う、まったくその頃のオレは信じられないことだがそのくらい弱っていたんだよ、ガキかじじいみたいだった、傷っていうのはすべて外傷と同じなんだな、心の傷っていったって、ああ吐きそうになってしまうが、それは外傷と同じなんだよ、やりゃよかったんだ、みじめとかそういうレベルで考えるんじゃなくてとにかく時間を稼ぐってことであのバカ女のどこかに入れてゆっくりとこすればよかったんだ、みじめになろうが不安になろうがくわえさせて顔をつかんで前後に揺すれば気持ちはいいんだからさ、泣きわめくのを見下ろしながら平手で尻を引っぱたきながらケツの穴に突っ込めばよかったんだ、本当にそう思う、あの時なぜやらなかったのか、それだけは後悔してるんだ、他の記憶には後悔はないもんな、レイコは二時間も三時間もずっと放っておかれてその後もずっとひざをつきっ放しで、ひざが赤くなって、すれて、血がにじむこともあったけどずっとオレの言う通りにしてオレを喜ばすのが好きだったんだ、よく冗談で、奴隷だって言わせてた、違うよ奴隷なんかじゃない大切な仕事のパートナーじゃないか、と切れたアナルに薬を塗ってやりながらオレが言うと、いいえ、とレイコは言うんだよ、いいえ、奴隷でもあるんですよ、そんなことをレイコが言う時がオレは好きだったよ、そんなストーリーがあるから初めて成立するようなチームだったんだ、でもそれはそれとしてカナモリサナエとはアナルセックスまできちんとすべきだった、麻薬がなかったからスカトロは無理だったろうが、とにかく、疲れて眠れる時間がやってくるまでの退屈しのぎだというコンセプトでやるべきだった、おまんこはもうドロドロで指で触るだけでいきそうになってたのに、オレは、あいつに手を貸して起こしてやって、バスローブを着せて、抱きしめて、よせばいいのに、よく我慢したな、なんて声までかけてやったんだよ、ああって、まるで大昔のスカーレット・オハラみたいな声でカナモリサナエは抱きついてきて、裸の足先をオレのポリーニの革靴の上に乗せて身震いさせてたよ、もういいんだよ、終わったんだ、このミュージカルに君を使うかどうかはわからない、だがプロというものがいかに汚れや切実さが必要かこれでわかったと思う、なんてことまでオレは言ってしまって、カナモリサナエが醜く顔を歪ませて泣き出した時、オレはホームレスになることを決めたわけなんだよ、田舎の少年がよくボクは都会へ行くぞと決意するみたいに、よしニューヨークに行ってホームレスになるぞ、と決めたわけじゃないんだけどな、力ががっくりと抜けたんだ、あなたにはわかって貰えると思うけどカナモリサナエが原因じゃないよ、大もとの原因があって直接の原因がカナモリサナエというわけでもない、原因なんかどうでもいいっていうことなんだろうな、そして今となってはホームレスになろうと思ったこともホームレスになったこともホームレスそのものもどうでもいい、当り前のことだがそういうロマンティックな行為には何の意味もないんだ、今こんなことを言うのはバカげたことだが本当につまらないことをしたと思っている、カナモリサナエにアナルセックスをしないで優しい言葉をかけて帰したのはオレが弱りきっていたからなんだ、本当に弱ってたんだなと思う、レイコが無名の若い男と結婚したいと言い出してオレは傷ついたわけだが常識的にはそれは恐ろしくレイコを愛していたわけじゃなく大切だった人形というか玩具がただ壊れただけだっていうことになるんだろう、これも当り前のことだが愛しているなんてのはただの言葉だからな、十九世紀のヨーロッパの言葉でその概念に東洋の農民がこだわるのはおかしいし実際それほどこだわっていないと思われているんだろうけど本当はそんなことないんだよな、ある概念っていうのは常にそうやって発生して実際に意識に刷り込まれるんだと思う、ただしオレがレイコやケイコを愛したかどうかという問いにはオレ自身興味がないからまあ結局はどうでもいいということになるんだけどね、嫉妬という感情をまともに味わったのは本当に久し振りだった、レイコのことだけどね、結婚したいなんて言っても仕事上でオレと切れたわけじゃなかったけどどっから見たってもうオレのものじゃないって思っていたからオレは、オレ以上の熱意を持ってあいつを使おうとするプロデューサーなり監督が現れるとイヤだなと思った、若い男と何をしてもいいなんてじじいみたいなことは思わなかったけど、仕事であいつにすごいエネルギーを使える男が現れるのが一番イヤだったな、それでオレはあいつにドイツの映画を紹介したんだ、オレのミュージカルの映画を作った奴がドイツ人で、ベルリンにオフィスがあって、そこに電話して東洋人の女優はいるかって言ったら、そういう企画はないけど半年くらいのうちに何とかしてみると言ったんでとにかくレイコをベルリンにやることにした、若い男との仲を引き裂くみたいに思われるのもイヤなので、その男のチケットも取ってやって、ベルリンにアパートを借りてやったよ、それを言うために会った時、そんな仕事はしたくありません、とレイコはまずオレに言った、先生と一緒にずっとやっていきたいんです、先生っていうのはオレのことだけどね、その男の子のことが本当に好きなのかどうかわからないんですが本当に大切な人であることは間違いないのです、トラウマがあってもちろんわたしはそのトラウマを愛しているわけではないんですがトラウマがある人間がわたしと一緒にいることでそのトラウマから自由になれるんだったらそれが一番わたしにとって充実感のあることなんだなって最近やっとわかったんです、父親似なんだってずっと思ってたけど実は母親似だったってことがわかりました、でも先生と一緒に仕事をしてゆきたいんです、今までみたいに別にメインの役でなくてもいいんです、とにかくそんなドイツに行くなんてイヤです、わたしが心から行きたいと思ったらその男の子と一緒じゃなくて一人でゆきます、立派なことを言ってたよ、でも結局はあいつはその男の子と一緒にベルリンに旅立っていったけどね、見送りに来て下さいと言われたけど行かなかったからレイコとはそれきりなんだ、その頃はひどい夢をたくさん見たな、たとえばオレとレイコがある大きな空港を歩いてるんだ、チェックインを済ませてファースト・クラス・ラウンジまでコンコースを並んで歩いてるところだよ、二人とも元気がないから日本に戻るところなんだろうな、レイコは下を向いてとても悲しそうな顔をしていてラウンジに入ってもそういう顔のままでまったく口をきこうとはしないんだ、オレはラウンジ内の飲みものとクッキーみたいなやつを持ってきてやるんだけど、もちろんそれに手をつけようともしない、何か話しかけなくてはいけないと思うんだけどまったく言葉は浮かんでこない、レイコは下を向いて唇を噛みしめているがあいつが集中してそういうことをするとものすごい力があるんだ、あいつは何かを見つめろというと十分でも二十分でも見つめることができる、そのての集中した芝居だったらたぶん誰にも負けなかったろうな、オレは何とかしてやらなくてはいけないと思った、レイコがそういう顔をしている時オレは必ず人類として何とかしてやろうという気になったよ、ただし嫌いな奴も大勢いたけどね、終戦直後とか明治維新だったらああいう切実な集中力というのはアイドルの条件だったはずなんだがもちろん今の日本は違うからね、切実なものはうっとうしいんだ、レイコの集中力はそれほど人気がなかった、でもオレは好きだったよ、マイナーな雰囲気は常につきまとっていたがあいつの切実さは本物でそういう集中を見せている時オレは何かをしてやりたくなった、で、その夢の中でも何かとりあえず話しかけなければいけないなと思って言葉を考えたよ、センチメンタルな言葉はあいつも嫌いだったはずなので、レイコ、とまず呼びかけてあいつがオレの方を見るのを待った、あいつが、はい、と返事をして顔を上げてこちらを見るのがわかって、ああやっぱりいい顔をしてるなと思った、今考えるとオレは少なからず歪んでいたと思うな、今だからそれを認めることができるんだけど、オレは別に虐《いじ》められて育ったわけじゃないくせにそういう歪みとか倒錯とかがなぜかあるんだよ、誰にでもあるものなのかな、一緒にいて死にたくなるようなブスは論外だけど、ああこいつは一般受けはしないだろうなって思われる女を大切にする癖があるんだ、だから基本的に女優とか歌手とかは魅力的なのがたくさんいるのは知ってるけど相手にはしないようにしている、一般的な魅力ってやつを目標にしてる連中なんだから別にオレが必死に可愛がってやることはないと思うんだろうね、女優って種族は特殊で、一般的な魅力って目標があるくせに陰では絶対的でかつ個人的な支えを求めるもんだ、外では、高熱があるのにもうよせよっていうくらい愛想を振りまいて家に帰ってくると男に包丁を突きつけて他の女の子に振り向いたりしたら殺すからねと迫るような女優は何人もいたよ、魅力を仕事にしてるからそんなもの天罰なんだけどね、そんなのはオレはやってられないしあまり興味もないってことだ、女優よりもきれいな女は世の中にたくさんいるんだよ、そういう連中に欠けてるのは一般受けする魅力への意志だけで、それが彼女達にある種の哀愁を与えることになる、逆の男はオレの知ってるだけで業界をテレビとか代理店に小さくしぼっても百人単位でいるよ、何万人という男が焦がれているこの女優が今オレのからだの下で足を開いているという社会的な快楽だけど、女とかおまんことかに無関係な別のところできちんと社会的な快楽を得ていればそんなもの相手にしなくても済むのにな、レイコはそれほどうまくはないがとりあえずダンサーで女優だったけど一般受けしねえだろうな、可哀想だな、でもきっとそういうのにオレくらい肩入れするプロデューサーもいないだろうからオレから離れられないと観念しているだろうな、という歪んだ自信を持ってた、空港の、雰囲気からいってあれはアメリカの地方空港だと思うんだが、アトランタとかマイアミとかシカゴとかの国際線のある地方空港という感じだったな、そこのファースト・クラス・ラウンジでオレとレイコはよくそういうラウンジでドラッグとセックスの疲れでぐったりしながら、心臓は大丈夫かな、機内で死なないだろうな、なんて話しながら飛行機を待ったもんなんだ、コンコルドだけは別だったけどね、コンコルドのラウンジは大好きだった、速いし機内食がおいしかったからな、オレはレイコに言ったんだ、おい、どんな長い旅行でもいつかは終わるんだな、って、そうしたらあいつは必死になって笑顔をつくって、ええ、って返事したんだけど、笑顔が硬張ってしまって、とても笑顔なんかつくれる気分じゃないのに無理やり筋肉に命令を出して笑った顔にしたもんだから顔の筋肉と精神の両方にその反動がもろに作用しちまってその両方が制御不能になってしまったという、普通はそれをパニックというんだが、急に震えだしたんだ、実際レイコはよくそういう感じになる時があった、あいつの感情が切れる瞬間っていうのは見事なものだったよ、日頃異様な力で自分を抑え込んでるものだからそれが外れると物理的にからだが震えだしてしまうんだ、まるで寒冷地に裸でいるようなもんだ、本当に歯の根が合わないという風にガチガチ震え出すんだからね、肩やからだ全体もガタガタ震えてしまう、そこでレイコは化粧を始めたんだ、こんな時に止《よ》せばいいのにと思ったが、感情的なパニックになった時には何もしないで深呼吸なんかしながら激情を抑えるやり方と、何かやり慣れたことを始めて感情を鎮める方法があるよな、レイコはそのどちらもできなかったんだ、あいつは本当はこらえ性のないちょっとしたことにもかんしゃくを起こして甘えて暴れ回るような人間だったのに、いつの間にか不自然なやり方で自分を制御することを憶えてしまったらしい、あいつのプライバシーなんかまったく聞いたことはないよ、オレは常にそんなものには興味がない、たぶんトラウマと呼ばれるものが何かあったんだろう、それも半端な奴じゃないな、叔父さんに犯されたとか、母親が狂って誰かを刺すのを目の前で見たとか、兄妹が河で溺れ死ぬのを見ながらどうすることもできなかったとかそういう強烈なやつだと思う、あいつの根底にあるのはトラウマが発生する要因への根源的な無力感であり、それが自分自身への低い評価につながりメジャーな成功よりはマイナーで優しい人間達とのつき合いを選ぶ原因となってるんだ、世界への働きかけが自分には何もできない、という強烈な無力感が一番底の部分であいつを支配してるんだよ、レイコはオレのミュージカル以外ほとんどちゃんとした仕事をしていない、オレと会った頃はビル掃除とかのアルバイトと、ストリップ小屋での振り付けの仕事をやってた、ストリッパー達が衣服を脱ぎ始めるまでの振り付けを考えてあげてたんだ、考えてみりゃすごい仕事だよ、あれだけきれいだったのにな、オーディションでやって来た時に何かすごいオーラを発してたよ、それはイヤなことは決してやってこなかったという意志だとオレは思っていたんだけど、きっとそうじゃなくて巨大なトラウマと何とか折り合いをつけて生きてきた格闘が生みだしたオーラだったんだろう、雑誌なんかでヌードになっていたし、それもよく売れてる男性週刊誌じゃなくて、三流のマイナーなビザール系の雑誌だったよ、後でそれを見て悲惨な感じがしたしわざわざこんなところで脱がなくてもいいだろうと思ったけど、あいつにとっては要するに一般的な人間の目に触れたり一般的な人間と仕事をしたりすることそのものが一種の脅威なんだ、はっきりした脅威だよ、トラウマのある人間、この場合はPTSD、つまりポスト・トラウマティック・ストレス・ディスオーダー、日本語では何て言うんだっけ？　心的外傷後ストレス障害だっけ？　それに近いわけだから、基本的に周囲は敵なんだ、一般から破綻したもの、それが世界の超一流でもいいし、渋谷の裏通りのストリップ劇場でもいいんだけど一般の枠に収まらない場合には警戒心が緩むんだね、ケイコはそういうところを見抜いていたから、最初からレイコをプロジェクトに参加させるのには反対だったし、二人は水と油だった、どっちが強いかなんてわからないというより強いという形容詞にはあまり意味がない、ずっとオレは強い人間はよりヒューマニズムから遠く離れていられる人間だと思っていた、それは間違っているわけじゃないが完全に正しいとは言えない、ヒューマニズムから遠いということではケイコよりレイコの方が上だけど、レイコの異様な自己制御と制御がうまくいかなくなった時の態度の急変がそういう印象を与えるだけなんだと思う、自己制御がうまくいっている間は極端に従順でそれにほころびが見え始めると要するに態度が急変するんだ、それは他人にひどい打撃を与える、あの人はちょっとわからない、ということになる、わからないから恐くなってしまう、人間というのはここまで身勝手に、自分の都合のいいようにものごとを眺めるのかとオレもあきれてしまうけど、ある誰かが自分には絶対的な忠誠を尽くしていると思えている時、その誰かが他人を裏切るのを間近で見るのはとても気持ちがいいもんなんだ、友人に変な奴がいてそいつは女をバックから突いている時に、あ、ストレートな表現をしてしまって悪かった、さっきからオレはレディの前では本当は絶対に使ってはいけない言葉や口調を連発してたな、謝る、別にコークのせいじゃないんだ、麻薬と酒をやってベラベラと意味のないことを喋る奴はオレは嫌いだからな、あなたがレイコとかケイコとかわけのわからん女のことを聞きにきたわけじゃないってことは知ってるがこれがオレなんだ、レイコがオレをホームレスにしたわけではもちろんないよ、オレはそう思っていない、オレがそう思っていないということはそれは事実ではないということなんだ、オレが受けた傷がオレそのものだから今それについて話しているだけだ、あなたがインテリでキャパシティのある女性だから甘えて告白しているのは認めるよ、まあ可哀想な男なのね、と思って貰って二時間後にはベッドに一緒に行くっていうホームドラマのような展開を望んでいるのかも知れない、っていうのは嘘だよ、あり得ないことだ、オレが今喋っているのは弁解かな、きっとそうだな、永遠にエクスキューズしなくても済む生活の練習としてホームレスになったところもあるんだけどな、オレは特に偽のホームレスだったから何てことはなかったたな、風呂に入らないなんていうのは学生の頃から慣れてるしね、要するにいい気なもんなわけだよ、自分自身を罰しようなんてとんでもない、アメリカの底辺にうごめく人々に自分を重ね合わせるなんてとんでもない、大嘘だ、この社会では自分は最低なんだという敗北感と、それを恥じる力を失うのがホームレスになるということでそんなこととはオレは無関係だった、第一ホームレスなんか全員クソだよ、同情する必要はないし連中だって同情は一応拒否してるよ、さっきの続きに戻っていいかい？　友達は女との情事の最中にその女に誰かに電話させるのが趣味だったんだ、それを自慢するんだよ、すげえ興奮するって言ってな、そいつは全能感を味わうんだろうが、いつかこの女は自分にも同じような電話をかけてくる可能性があるってことがわからないんだ、わかるわけがない、それはわかりたくないことだからね、いつもその友人を笑っていたが何のことはないオレだって同じことだったわけだよ、レイコは付き合いが続いていく中のあるポイントまで来ると、態度を急変させて相手をまごつかせ傷を与える、極端な従順性からトランプの札が裏返るように関係性を断つ、まるで相手が最初から存在していなかったかのようにふるまう時もある、相手はびっくりするよ、当然、ひどい無力感を味わう、それはもちろんレイコがいつも味わってきた無力感なんだ、人間は自分が味わってきたものを無意識のうちに相手に与えてしまう、オレはそういうレイコを何度も見てきていつか自分も同じ目に遭うのが予測できなかった、自信があったとかそういうわけではないと思うな、盲目的になっていたんだ、いやなことを想像しないように想像したくないようにオレ達はプログラミングされているからな、レイコはそれで化粧を始めたんだが、そういう時のあいつはパニックから立ち直ろうと焦ってさらにパニックになるんだ、ハンドバッグを開けて化粧の道具を取り出そうとするんだがそれが手につかなくて口紅やマスカラやアイシャドウの容器をボトボト下に落としてしまう、何をしてるんだ？　と言ったら、あ、先生、わたし口紅を直そうと思うんです、と言った、口紅をきちんと塗っとかないとスチュワーデスに笑われますから、と言って、あ、ありましたって、太字用のマジックインキを手に持ったんだ、おい、それはマジックだ、口紅じゃないぞ、と言った時にはもうレイコはマジックを唇に当てて手を動かしていた、パニックはどんどんひどくなっていて、顔やからだの震えは前よりも激しくなっていた、マジックは唇にちゃんと当たってなくて、とにかく顔も手もブルブル震えるもんだから顔中に赤い色が付いていくんだ、あいつは色とりどりのマジックを用意していて、顔は六〇年代のボディペインティングというよりもまるで沼地を這って生きる爬虫類みたいになってしまった、頼むからもう止めてくれとオレは恐くなって必死に言い続けてたよ、そしたらあいつはその爬虫類の顔のままニッコリ笑って、これが本当のわたしなんです、と夢の中で言った、もう一つ、いやもっとたくさんの夢を話そうと思っていたんだがどうしたっていうんだろう、急にバカバカしくなってしまった、やはり告白というのはあれなのかな傷をいやしてくれるのかな、オレは告白が傷をいやすとは思えないな、だって考えてみてくれよ、誰かに話すだけで何で傷がいえるんだよ、そんなの嘘だろ、精神的な外傷というのがいつ頃誕生したのかわからないがオレの知る限りで言ってもそれは普通の肉体的な外傷とそう変わるところがない、これだけ麻薬が好きなオレでもレイコとのゴタゴタがあった時にはマリファナさえやらなかったよ、それもきっと間違いだったたんだけどな、何だってやってみりゃよかったんだ、できなかったんだろうな、恐くてできなかったんだよ、レイコと二人でドラッグを使って、死の寸前まで行きながらちょっと他にはなかなかないような気持ちよさを味わったわけだからさ、他の女と、同じ麻薬を使って同じことをして違いを思い知らされるのがいやだったんだろうな、当り前のことだけど本当は違いなんかないんだよ、そういう違いを消してくれるから麻薬なんだからね、ＬＳＤとかマリファナとかメスカリンなんかでは自意識が強まることもあるけどそのてのやつはオレは大嫌いだからさ、オレの好きなドラッグは全部自意識を消してくれるタイプのもので、自意識さえ消えれば後は限りなくすけべな機械になるわけで、そりゃあんまりひどい顔とかからだだったら別だけどそれ以外だったら誰だって同じなんだよ、それが麻薬の力なんだけど、オレはロマンティックな気分になってしまっていたんだな、レイコとの間に物語を見ていたんだ、特別なものがあったんだと思いたかったんだ、特別なことなんか本当は何もないんだよ、オレはそのことを知っていたというよりもそのことに気付くためにバカみたいにムダな時間と大量の麻薬をやってきたはずだったのにな、そんなひどくシンプルなことにも気付けないくらいオレは恥ずかしい話、傷ついていたわけだよ、あれほど恥ずかしいことはオレの人生でもうないだろうと思うな、熱があるとか、皮膚を切ってしまうとかそういう肉体的な外傷と同じなんだってことがよくわかったよ、内側からからだを焼かれているようだった、火傷《やけど》によく似てたね、実際に痛かったんだよ、オレは小さい頃にオヤジを失くしたし、一度結婚している時に子供を失くしたこともある、二つともひどい体験だった、どっちがひどいかなんてことじゃもちろんなくて、喪失感の質が違ったんだ、いっそ死んでくれた方が楽だったと思うよ、事実を長い間かかって受けいれてしまえばいいわけだからね、何度かまじめにレイコを殺すことを考えたこともある、心変わりして逃げていった女を殺す奴がよくいるよな、あれは一時的な感情の乱れじゃないんだよ、その女が、他の人間と一緒に生きてる、自分以外の男と時間を共有しているという事実が我慢ならないんだ、それは言葉にすれば嫉妬ということになるわけだが、オレのように、共に過ごす時間を充実したものにするためにものすごいエネルギーを使う人間にとってはある種耐え難いものなんだ、自分を捨てた男の性器を切り取る女も同じようなもんだね、本当にひどい話になってきたがこんな話をするのは実は初めてなんだよ、日本人にこんな話をするのはいやだし、アメリカ人にするほどの英語力もない、あなたがこっちに住んで仕事をしている日本人でしかも頭がいい女性だってことでこんな告白をしているんだと思うんだが勘違いしないで欲しいのは別にオレは脂汚れを落とすように告白をして気持ちがいいわけじゃないってことなんだ、告白は嫌いだよ、ホームレスをやり始めて、自分がなくなっていくというか自分が外界と溶け合っていく瞬間ってやつを味わいたいと思ったこともあるよ、狂うというわけじゃなくて、自意識が消えてしまっている奴も大勢いた、一週間も同じ服を着てやらなくてはいけないことが何もなくて何度も汗を掻いているうちに体温が現実的に一度くらい下がってしまうんだ、汗とか脂とか分泌物や排泄物やそれに嘔吐物や血とかが皮膚にべっとりと付くようになるとからだの輪郭がなくなっていくような快い曖昧さに包まれていくことがある。排泄物っていうけどね、自分のものは汚くも何ともないんだよ、自分の汚物が別に気にならない状態が続いていくとそのうち他人の汚物も平気になる、そういう状態になるまでにたいてい一度や二度は恐い思いをする、ホームレスになってみてこの国がサディストの巣なんだって当り前のことがわかったよ、若いストリート・キッズだけじゃない、中年のセールスマンもいるし女も夫婦もいたけど昼間目星をつけといて、昼間はコインをくれて何か話しかけてきたりするんだぜ、あなたわたしの言うことがわかりますか？　わたし達はねきのう西海岸から出てきたの、四日間のホリデイなんだけどそれほど裕福というわけじゃないのよ、L・AとSFのちょうど中間の小さな町で、ホールドヴィッツって街を御存知かしら？　そこで金物屋をやっているの、すこしお金が貯まったのでマッキントッシュを買うかニューヨークでバレエを観るかだいぶ迷ったのだけどわたし達は精神的なリリーフを選んだというわけなの、バレエなんか観たのは初めてだったわ、そういうものに詳しいクラスじゃないのよ、わたし達はもっと下の階層なの、エコノミー・クラスだし何ていうかホリデイ・インのもっと下のクラスね、『ジゼル』も『ペトルーシュカ』も知らないわ、書けって言われても書けないしね、二つとも英語じゃないわよね、でも旅の楽しみと言えば食事や映画だけじゃないっていうのがわたしとアンディの共通した考えなの、人間、だと思うのよね、出会い、といってもいいのかしら、とにかくそういうことよ、できるだけ多くの人と話をしたいと思っているの、あなたを選んだわけがおわかりかしら、あなたっていうかあなた方よね、ここにはええと六人のみなさんがいるわけだけどあなた方に対して敬意を払いたいのはね、あなた方の目にね決して輝きが失われていないことなんです、ワシントン・スクエアの東南の角っこだよ、いつもプレッツェル屋が出てて、そう風船とかが屋台に付いているプレッツェル屋だ、オレは他のホームレス達と日の光を浴びていたんだ、そしたら合成繊維のスカートとセーターとコートを着てあちこち傷だらけでヒールが今にも折れそうな靴を履いた中年の女と、東ヨーロッパの商社員みたいな格好の中年の男が話しかけてきたんだ、目に輝きが失われていないなんてくそみたいなこと誰も聞くわけがねえよ、あんたみたいな醜い女は見たことがない、と骨の病気で両方の手首が外側へ折れ曲がったままのスチュという名前のホームレスがその女に言った、ミ・カサという名前のおばあさんのホームレスは狂っていたけど恐がって西海岸から来た夫婦から逃げようとしていたよ、逃げるったって脚がほとんど利かないから怯えてベンチの上をズルズルと遠ざかろうとするだけだったけどな、ミ・カサは完全に狂ってたけど、ほとんど言葉がわからない分カンは鋭かったんだな、ミ・カサは正しかったんだ、昼間はプレッツェルをふるまってくれたりして長々とオレ達に話しかけた夫婦が夜またやって来た、オレはジャック・ダニエルのハーフパイントを買ってみんなにも飲ませていて、オレらの他にも黒人の子供達がサッカーをしていたよ、シボレーのヴァンで夫婦はやって来て、かなり大きな工具箱みたいなやつを荷台から降ろしている時は、金物屋だっていうのは本当だったんだな、ってオレは思ってたけどね、そいつらはまず、スチュの折れ曲がったままの手首を手錠でベンチの鉄柵の背もたれに固定してラジオペンチで顔とか手とか露出している皮膚をつまんで引きちぎり始めたんだ、ホームレスがよく殴られるせいで痛みに麻痺してるっていってもラジオペンチで皮膚を剝がされたらたまらないよ、みんな最初は呆気にとられて見てたんだけど黒人のライタムって男が止めさせようと立ち上がると女房の方が足をナイフで切ったんだ、ものすごいナイフだった、オレはあんなにでかいナイフを見たことがない、カリブ海の方の国で砂糖キビを刈る時に使う刀みたいな大きさで、ちゃんとしたコンバットナイフだった、ライタムはすぐにガクッとひざを折ったよ、女房の方はずっと何かブツブツ呟き続けていた、英語じゃないようだったな、一瞬オレは日本語かと思ったけどもちろんそうじゃなくて今考えるとハンガリー語とかそういう言葉だったんだろうと思う、ハンガリー語は少しイントネーションが日本語に似てるからね、男の方がライター用のオイルをミ・カサにまるで子供が水鉄砲でイタズラするようにピューッとかけたんで、何やってんだお前ら、とオレは止めさせようとしたけどライタムの耳のあたりから血が噴き出したんでびっくりして逃げようと思った、サッカーをしていた黒人のガキ達もいつの間にか逃げ出していたしな、ミ・カサの足許が燃えだしてオレは逃げだしたんだがでかいナイフを持った女が後を追い駆けてきたんだよ、女はハイヒールじゃなくて安物のスニーカーを履いてて足が速かった、スチュとミ・カサとライタム以外は当然みんな逃げ出したんだが女はオレだけを追って来た、夜中の一時くらいだったかな、二時くらいだったかも知れない、要するにそのくらいの時間帯だ、どっち側に逃げたのか憶えてないよ、通りを示すサインボードを見る余裕なんかまったくなかったからな、しばらく汗は出て来なかった、呼吸がコカイン臭くて走り続けていると鼻の奥が痛くなってきた、気が付くと鼻血が出てきてたな、昔から走るのは好きじゃなかったしね、女はどこまでも追ってくる感じだったな、通行人がいる通りもあったけど誰も驚かないんだ、追っかけているのは女だし、逃げているのはホームレスだからな、オレが何か盗んでそれで追っかけられてるんだと思ったんだろう、実際そう思われてもしようがないよ、途中から、汚れの皮膜が破れる感じで汗が出てきたけどそれがすごくいやな感覚だった、女はナイフを握ったまま追い駆けてきて、オレは深夜営業のデリに入ろうとしたんだが店の奴らがバットを持って入れまいとしたんで女に思いきり差をつめられて背中から切りつけられた、オレはデリの外にあったオレンジジュースの缶を女に投げつけたよ、二個目が女の口に当たった、歯が折れたみたいなにぶい音がして、ざまあ見ろ、とオレは日本語で言った、デリの従業員達は最初笑って見てたんだが、怒り狂った女が店のガラスを一枚ナイフで割ったんでポリスに電話をした、あいつらがポリスに電話をしてるぞ、とオレはオレンジジュースの缶を投げつけながら女に言った、女は目が吊り上がって口から血を流して完全に狂ってたよ、ここにいてポリスを待つ方がいいのか、それともまた走って逃げるのかオレはわからなくなっていたけど女がまたナイフを振り上げて向かってきたのでしようがなくてまた走り出した、考えたらポリスが来てもだめだったのさ、コカインは持ってたしヘロインやハルシオンやスピードも持ってたし、財布の中にはアメックスのゴールドカードがあったし、パスポートにはキューバのビザがたくさんあるから下手をするとスパイだと思われて強制退去になってしまうかも知れないんだ、女はたぶん本当に西海岸で毎日ジョギングをやってたんだと思うよ、ずっと追って来たもんな、コカインのやり過ぎでオレは自分の心臓がどこかいかれてると不安だったんだけどこれだけ走ってパンクしないんだから案外大丈夫なんだって妙に安心したのをよく憶えてるよ、キャナルに出て横断してひたすらチャイナタウンの方に走っていくと女が疲れてきたのがわかった、で、逃げることができたわけなんだけど、いやだったのはその翌日なんだ、イーストヴィレッジにあるブルーハウスでコーヒーを飲んでいると、ブルーハウスっていうのはニューヨーク市の社会福祉局がやっている簡易宿泊所だよ、ブルーハウスのベニヤの椅子に坐ってコーヒーを飲んでたんだ、ミ・カサの仲間のヒスパニックの連中がやって来て、表に引きずり出されて左手の指の骨を三本折られた、ミ・カサは足と髪の毛が燃えてしまったそうだ、一人ホームレスが混じって他は普通のチンピラだった、スペイン語でいろいろ言われたが何と言ってるかよくわからなかった、オレは連中からよくコカインを買ってたから顔見知りだったんだけどヒスパニックの奴らは連帯感が強いからミ・カサがやられたのが我慢できなかったんだろうな、骨が折られるのは本当に痛いもんなんだ、もちろん殴られるのより痛いし気力がなくなってしまう、イタリア人街の医者に行ったよ、リトル・イタリーにはけっこうコネクションがあったからね、その帰りだった、クリストファー・ストリートのエンポリオ・アルマーニの隣にブランド名は忘れたけどドイツとオーストリアの女服のブティックが入ってたの、知ってるかな、今はもうないみたいだけどね、ショーウインドウに可愛いミニのドレスがあったんだ、黒いベルベットで、襟に僅《わず》かに赤のベルベットが重なってて、ノースリーブで、あ、レイコに似合うだろうなと思った瞬間、もうアウトだった、その場にがっくりと崩れ落ちそうになるくらい力が奪われたんだ、骨折の痛みとよくマッチしたよ、あれは一体何なんだろう、レイコのことからだいぶ自由になれたなって思っていた矢先のことだった、あいつがオレから離れていってもう一年以上経っていたんだよ、あのドレスには参ったよ、今でも完全に思い出せるな、触れただけでゾクッとするようなきれいなベルベットで、六百三十九ドルだった、白い襟が付いてて裾にボンボンが下がってるようなやつじゃないよ、襟はゆるやかなカーブを描いて胸はそれほどあいてなくてウエストはキュッと締まっているんだ、なめらかに細くなってる、そういうミニのドレスがあいつは本当によく似合ったもんなんだよ、オレはあいつにそれほどたくさんの洋服を買ってやったわけじゃない、それなのにどうして全身の力が抜けていくくらいそのドレスを見て傷が開いてしまったのか、ずっとわからなかったんだが、要するにあらゆる感情は具体的なもんなんだ、好きとか愛してるとかそういう恥ずかしい言葉がたくさんあるけど、それは概念でそれが表わしてることっていうのはそのベルベットのドレスなわけだよ、それを二人で見て、買ってやって、よろこんでいるのを見て、それを目の前で脱がせてみる、それが好きっていう感情のすべてなんだ、だからダイレクトに傷が開いてしまう、その頃は自分をゲームの登場人物のように見ることもできるようになっていた、センチメンタリズムを楽しむってことだけど、傷がふさがっていくのを確認してそれがまるで充実したものであるかのように錯覚するってやつだよ、それが引き裂かれたんだ、それも六百ドルのドレスでね、何てつまらないんだろうって思ったけどそれからかなり辛かったな、無理な運動をした時と同じようにパックリ傷が開いてしまってコークを吸う気力もなくなった、何も食べないでハルシオンを七錠のんでずっと寝てたよ、そういう時に見る夢がまたひどいんだ、先生、といってレイコがオレに電話をしてくる、ぞっとするような暗い声で電話してくるんだ、先生、やっぱりわたしが間違ってました、先生と別れて生きることなんかできません、今やっとそれがわかったんですけどもう遅いんですよね、わたし今から死のうと思うんです、それで最後に先生の声を聞きたかったんです、そういう電話が夢の中でかかって来て、オレはまるでまぬけなソーシャルワーカーみたいに、バカなことを言うんじゃない、今どこにいるんだ、なんて慌てて家を飛び出していくんだよ、家を飛び出してからオレはレイコの住んでいるところを知らないことに気付くんだ、自分の車で出てとりあえず代々木とかそのへんをグルグルまわって焦ってレイコに電話する、あら先生、いらして下さるんですか、って相変わらずものすごい声だよ、十回くらい既に左手首に傷をつけたような声だ、わたし今赤坂プリンスの新館のボールルームにいるんです、ボールルームでいったい何をしているんだろうと車をホテルの駐車場に入れるとそこで初めてオレはパジャマのままだったことに気付くんだ、それもとても可愛い柄のパジャマだ、複葉飛行機とか子どものカバがプリントされているやつで足にはゴム草履《ぞうり》をはいている、それでもレイコの声がひどく暗かったから心配でたまらなくてボールルームを探すんだよ、何とかの間、何とかの間ってみんな灯りが消えていてほとんど廊下なんかも真暗なんだ、一番奥の部屋にかすかに灯りが点いてて、その入口にレイコが立ってる、ここです、先生、わたしはここです、柳の下のゆうれいのようにオレを呼ぶんだ、オレがその部屋に入っていくとバッと灯りが点いて若い連中が大勢いる、レイコのまわりでよく見かけたマイナーな連中だ、マイナーだがオレよりもちろんみんな若い、ね、やっぱり来たでしょう、と言ってレイコが若い男とキスしながら大笑いしている、他の連中も大笑いしている、テクノとかハウスとかそういう無機的な音楽がものすごいボリュームで鳴っていてクラッカーがポンポン音をたてている、オレはパジャマのまま若い連中に引っ張られてまるで罪人のようにボールルームの中を歩いていくんだ、まったくひどい夢だよ、でもその時オレはどうしてると思う？　レイコの相手の男の顔を見ないようにずっと下を向いてるのさ、ずっと、下を向いてるんだ、まったくひどい夢だろう？　情けなくなってくるよ、情けないっていうかあまりにも現実に即してるっていうか、現実的だよな、でもオレは本当はあの西海岸から来た女から追い駆けられた方が恐かったしヒスパニックの若いチンピラから指を折られた時の方が痛かったな、いや、だからそういうレイコの夢を見たりした後のたまらない気分よりは具体的な本当の現実の方が恐ろしいし痛いってことだよ、そんなの当り前のことだよな、それにオレは子供の頃から暴力には慣れて来なかったしな、ケンカが弱いっていうよりもそんなものがあまりないところで育ったんだよ、こちらの言い方だとアッパーミドルというのかな、両親は田舎者だったけど早い時期に上京してきて製薬会社に入り直して技術者として若い頃から頭角を現わしたっていうのがオヤジだったんだ、一九五〇年から六〇年代にかけては重工業とか建設とかそういうのばかりがよく話題になるけどケミカルな分野では当り前のことだけどでたらめなくらいものすごい数の新製品が作られたんだよ、オレのオヤジはたぶん何百種類という新薬の開発にかかわったんじゃないかな、性格的にはオレによく似た奴だったから妙なヒューマニズムとかなくて副作用もへったくれもなくて興味があればどんなものだってつくったとよく言ってたよ、薬害の訴訟で裁判にもよく顔を出してたけどまったく反省はしていなかったな、大正の終わり頃の生まれだったけどその世代としては一般的なメンタリティだったんだろうって自分で言ってたな、何か冷たい奴みたいに聞こえるかも知れないがそうじゃないんだよ、実際、動物とかが大好きでオレの家は世田谷にあったんだが常に必ず犬がいたよ、まあ厳密に言うと犬好きというよりも何の犬種でもいいからとにかく犬がいる方がよいという昔風の考え方だったんだろうけどね、ずっと雑種を飼ってたんだよ、オレが育った昭和三十年代というのは雑種とそれとスピッツとそうだな後はコリーの時代だったな、コリーというのは『名犬ラッシー』というアメリカのテレビ番組の影響で無意味に流行したんだけどね、日本では今は何の犬種が流行してるんだろうな、二、三年前にオレが帰っていた頃はシベリアン・ハスキーだったけどね、犬の流行の移り変わりっていうのは日本の文化史の重要なテーマのはずなのにどうして誰も研究のテーマにしないんだろうな、それは少し不思議な感じがするな、オレの家ではずっと雑種を飼っていたわけだが、あれはいつ頃だろうな、オレは何歳くらいだったんだろう、いずれにしろ小学生だったよ、幼稚園じゃないし中学生でもなかったからね、ジムとかサムとかそういう名前の黒い色の犬を飼ってたんだ、『カートライト兄弟』っていう人気のテレビ番組があってね、強いオヤジと三人兄弟の話なんだけどその二番目か三番目の弟の名前だったんだ、ジムとかサムじゃないな、ホスとかマイケルとかそういう名前だったのかも知れないな、オレはよく可愛がってたよ、毎日散歩にいくとか必ず毎日食事の世話をするとかそういうわけじゃないけど、犬から好かれるタイプだったんだ、サディストということなのかも知れないな、勘違いしないでくれよ、あなたは頭が良さそうだからわかると思うんだけど、ムチでいつも犬を打つっていう意味じゃないからね、ムチで打つっていうのにも本当はいくつかの意味があるんだが今ここでそんなレクチュアをしてもしようがないしな、一つ言っといた方がいいのは相手が泣き叫んだり痛がって許しを乞うのを見て楽しむのは結局は相手に依存してしまっているという意味でレベルが非常に低いってことだよ、相手がムチで打って欲しいっていうか自分を罰したいと欲している時に適切にムチで打ってやるのが正統なサディストであるとオレは思っているんだけどね、正統とかもちろんどうだっていいんだけどさ、オレは犬からとても好かれるんだよ、犬は社会的な動物だからね、犬が照れるのを知ってるかい？　犬は色弱で近視だから例えばよく慣れた犬でも普段とは違う格好で風下から姿を見せると侵入者だと勘違いして猛然と吠えることがよくあるんだ、何やってんだお前は、と声を出してやると気付くんだけどその後で頭のいい犬だと、照れるんだよ、今まで明らかにこっちに向かって吠えていたくせに照れ臭いものだからどこか全然違うところを向いて吠えだしたり尻尾を急に振るのも何だか変だから下を向いてまず視線を外してから本当にデリケートにほとんどそれとはわからないような感じでソロソロと先端から尻尾を振り始めるんだ、そういうのが実に可愛いなんて言ってるわけじゃないよ、要するに社会的だと言っているだけだ、今自分が何をやったかということがよくわかっているんだ、他者の視線があることを知ってる、だから当然のことだけど自己嫌悪もあるんだ、自己嫌悪の状態の時に叱ってやると犬はアイデンティティを得るわけで、それがオレの犬から好かれる秘密なんだけどね、だから、オレの言う、まあ今となってはこんなことどうだっていいんだけど、オレの言うサディストっていうのは相手から好ましくっていうか全面的な敬意を与えられていないと成立しない概念なんだけどね、で、マイケルだがオレにものすごくなついてたよ、そういう時に、オヤジが研究所のサラリーとは別に何かわけのわからない金をどこかから貰ってきたんだ、産業スパイのようなマネをしたんだってオヤジは言ってたけど、オフクロはそうじゃなくて他の個人的なデータが他の会社というか公共機関に売れただけだって言ってたな、どちらでもオレには関係ないけどオヤジには会社への忠誠心みたいなものはゼロだったからな、何でもよかったのさ、後になってインシュリンも専門だったってことがわかったけどオレもそういうのはどうだっていいんだよ、そのオヤジがコリー犬を飼わないかと言い出したんだ、単に頭がいいってことでいうとオフクロの方がすごかったんだがオフクロは少しからだが弱かった分だけ集中力と競争心が足りなくてオヤジと同じケミカルが専門だったんだけど、ああ、だから誰にでもわかる通りに大学で知り合ったんだよ、オフクロは文章を書くようになって家にいることにしたみたいなんだ、文章といっても化学の論文とかじゃないよ、映画とかレコードの評を書いてたんだ、名前を言えばたぶんあなたも知ってるよ、言わないけどね、オレもオフクロもオヤジがコリー犬の話をした時には、すばらしいことだ、と歓声をあげたよ、やはり『名犬ラッシー』の影響があったんだな、知ってるかい？　あの頃は全世界的にコリー犬が流行ったんだよ、好みの問題として、日本人ってやつは国際社会と同じものをチョイスするっていうそれはそれは類まれな特性を備えているっていうことだけどな、ああいう毛足が長くて顔全体がツンと尖っているコリー犬が、当時何かを象徴してたわけだがそんなことはどうでもよくて、オレもオフクロも、じゃあ今いるマイケルはどうするのかという問いを忘れて、コリー犬を飼うってことで大喜びをしたわけなんだ、お、そうか、君達も大賛成なのかとオヤジも喜んでオヤジはその日の内にマイケルを山梨県まで捨てに行ったんだ、学校から帰ってくるとマイケルがいなかった、オフクロもオヤジが捨てに行ったとは思っていなくて二人で世田谷区を捜したんだがいるわけがないよ、その頃オヤジはリクオーという大きなオートバイとコンテッサという乗用車を持っててマイケルはリクオーの荷台で捨てに行ったらしかった、あらあなたマイケルがどこにもいないんですよ、とゴーグルと革製のヘルメットをつけたオヤジがリクオーで帰って来た時にオフクロが聞いて、オヤジは一言、捨ててきた、と答えた、まあ、とオフクロは泣き出してしまって、何てことするんだバカヤローってオレは怒り出したけど、ここで大切なのは、オレもオフクロもコリー犬が替わりにやって来るってことを知ってて基本的にそれを喜んでたということなんだ、女と子供だからマイケルとコリー犬が仲良く庭を駆け回るところをきっとイメージしていたんだろう、オヤジは何の反省もしていなかった、あしたコリー犬が来るぞ、とその日の夕食で楽しそうに話したよ、でもマイケルは可哀想だったな、山梨県と長野県の境までツーリングがてら乗っけて行ったんだけど、ずっとミカン箱に入れていって三、四時間外も見れなかったわけだからその造成林に着いた時には最初グターッとしてたけど散歩に遠くまで来て運動させて貰えるんだろうと喜んでしまって、ほらあいつはポインターとかセッターとかああいうハウンドドッグ系の雑種だったから山とかあったもんでもううれしがっちまって一直線に山の斜面を駆け上がって行ったもんだよ、オレはすぐにバイクで逆の方向に逃げ出したんだけどさ、マイケルはすぐに気付いて追い駆けてきたんだ、カーブの多い山道でもちろん未舗装だったんでバイクはあまりスピードがだせなかった、それでマイケルとの差がしだいに詰まり始めたんだ、カーブが多いんでとてもじゃないけど後ろを振り向くわけにはいかない、革の帽子で耳がすっぽり被《おお》われているのでかすかに吠え声が聞こえるわけだがバイクとの差を詰めつつある時はマイケルはまったく吠えなかったんだ、犬でもあれで全力疾走の時は鳴き声を出したりする余裕なんかないんだな、バイクのミラーにチラッと時々マイケルが映るんだよ、カーブが多くておまけに下り坂だから時々チラッと映るわけなんだがその姿がだんだん大きくなるんだよ、あの時はぞっとしたよ、弱い生きものが必死になって追い駆けてきてその姿がだんだん近づいてくるのは恐いことなんだなってわかったよ、本当に可哀想で恐かったな、マイケルがだんだん遅れだしてきた時にも妙に恐いものを感じた、そしてマイケルがついに止まってしまう時が来て、オレは恐いものだから逆にスロットルをまわしたんだ、あいつは白い息を吐いていた、白く濁った自分の吐息に包まれてあきらめている様子がバックミラーに映った姿からだけでもわかったよ、腹這いになって顔だけはずっとオレのバイクを見てた、そして何度かそうやって腹這いのまま吠えたんだ、かん高い吠え声でぴっちりと塞いでいた耳にもよく聞こえたよ、参っちゃったよ、そんなことをオヤジは夕食の間中喋り続けて、オレもオフクロもものすごく不愉快だったんだが、ずっと考えていることがあったのも確かなんだ、オフクロはどうかわからないけどな、オレとしてはずっと考えてたよ、それでオヤジが代表して、オレが考えていたことをマイケルの悲劇の話のすぐ後に言葉にしたのさ、『あした、コリー犬が来るぞ』ってね、大体オレはそういう家庭に育ったわけだ、インテリの家庭だってことだよ、ずっと私立だったしケンカもほとんどしたことがない割には何度かやったやつでは負けたことがない、電車の中でガンをたれたとかたれてないとかでちょっと降りろってことで地下鉄の便所の横で儀式的に殴り合うっていうくらいのやつだけどね、けっこう勝ったよ、冷静だったからだろうと思う、不幸じゃなかったし、トラウマとか貧困とか一切無縁に育ったからね、だけどそういう、環境の問題とホームレスになったことは無関係だよ、今考えると当り前のことだけどホームレスになったのは下らなくて大間違いだった、意味があるとかないってことじゃなくて詰まらないことだった、ロマンチシズムに意味がないってことじゃないからな、意味があることなんかこの世に存在していないしロマンチシズムはそう悪いものじゃないもんな、ナイフを持って、それもマチェーテみたいな、マチェーテを知ってるかい？　そう、キューバとかで砂糖キビを刈る時に使う刀みたいなやつだけど、そんなナイフを振り回しながら追い駆けられたり、たき火をしててその辺の乾いた木の小枝を折るように指の骨を折られるなんて、オレはそんなことはなかったんだ、エイズ患者っていうかＨＩＶホルダーでもいいんだけど何となく決まった人格的なイメージってないかい？　あるよね、エイズになった人っていうイメージが本当はある、ほんの十数人でいいんだけどキャリアやエイズが発症した人を現実的に知っていると、そんな最大公約数的なイメージなんか存在しないことがわかるんだけど、無知で、しかも第三次情報だけだとぼんやりしたイメージだけができてしまうだろう？　肺炎とか、一番いいのは風邪だけど、その病気そのもののイメージはあるけど、それを患っている人格のイメージなんてものはわかるわけがない、とみんな知ってるわけじゃないか、エイズはやはりどうしても特別になってしまうし、ホームレスだって同じなんだ、そしてもちろんそんなことは間違いだ、数は少ないが誇りを失っていないホームレスだっている、ＨＩＶホルダーのホームレスでちょっと信じられない量の本を読破している人がけっこういるんだよ、確かに大勢いるわけじゃないがけっこういるんだ、そいつらは例のみんながよく知っているファッションじゃない、ヘアがドレッドで汚れきったＴシャツとあかとあぶらに被われたからだの表面の見分けがつかなくて何かいつもわけのわからないことをブツブツと呟いているというあのファッションじゃなくて、ものすごく質素ではあるがきちんとクリーニングされた服を着ているよ、ブルーハウスに住んで図書館に通いながら一日十二時間以上を読書とそのメモをとることに使っているんだ、いやいや勘違いしないで欲しいんだけど尊敬すべきだってオレは言ってるんじゃないんだぜ、ホームレスだっていう最大公約数的なイメージはないってことを、知識への欲求という問題に絡めて話しているだけなんだ、オレが知っているだけでもその辺のソーシャルワーカーやカウンセラーやセラピストよりも膨大な知識を持っているＨＩＶホルダーのホームレスは六人いる、連中は大学教授のなれの果てなんかじゃないよ、れっきとした下層階級の生まれの奴ばかりだよ、そして考えてみれば本当にシンプルなことなんだ、ＨＩＶの感染と、ホームレスとどちらが先かってことは知らないし、連中はたいてい自殺未遂の経験がある、赤ん坊が家庭の中で自然に学習していくのと同じように、あるきっかけから、きっかけっていうのは、心臓に不安がある人が心臓に関する医学書を読むようになるのと同じだよ、知識に飢えるっていうのともちょっと違う、知識と呼ぼうが情報と呼ぼうがそれは同じなんだけど、その形の分だけ、からだのどこか具体的な部分が欠けているだけなんだ、ジョージソンというまだ二十代の終わりの奴がいてそいつはラカンとかフロイトはもちろんのことソシュールとかバシュラールとかロラン・バルトとかダーウィンとかローレンツとかカール・マルクスまで、徹底的に読んでたよ、それははたで見ていても気持ちがよくなるくらいの猛烈な読書なんだ、例えばある本に、エイズ・カウンセリングのガイドブックにエリクソンが引用されているとエリクソンの本を読まずにはいられなくなるし、エリクソンの本にラカンの言葉があるとラカンの著作をすべて読むことになって、ラカンのところまでくるとそこで当然フロイトのものを片端から、まるで大きな肉のかたまりにライオンが食らいつくように読み始める、ジョージソンはエアコンのセールスマンだったそうだが、オレが会った頃は既にニーチェみたいな顔つきだったよ、もちろん他人に知識をひけらかすことはない、どっちかというと自分は何にも知らないっていう顔をしている、ブルーハウスにはソーシャルワーカーが常にたむろしているがバカなソーシャルワーカーがバカなことを言っても別に何か言うわけじゃない、いつも静かな微笑みを浮かべていて、何者なんだろうというリアルな印象を人に与えるんだけどとにかく寡黙なんだ、質問するとものすごくわかりやすく教えてくれるよ、どんなアホらしい質問でも、例えばキャリアとエイズの違いのようなシンプルな質問でも恐ろしくていねいに答えてくれる、オレにそれほどの英語力がないとわかるとまるで五、六歳の子供にもわかるような簡単な単語を組み合わせて説明してくれるんだよ、HIVホルダーのホームレスは信じられないくらいたくさんいる、もちろんジョージソンみたいな奴だけじゃない、ホームレスになってオレに何かわかったことがあるとすれば、それはHIVホルダーやエイズ患者やホームレスといったカテゴリーには何ら共通のイメージはないっていうごく当り前のことだったんだ、別にHIVホルダーではなくても他のホームレスの連中はジョージソンによく相談していた、ジョージソンみたいな奴は他にもいた、うん、オレが知っているだけでも六人いたんだ、何か難しいことを言うわけじゃないんだよ、とてもシンプルで合理的なんだよ、で、指を折られてミニのドレスを見てレイコによって受けた傷が開いてしまって、ブルーハウスで、ジョージソンに相談したんだ、ひどい話なんだが聞いてくれるかと言って、レイコのことを話したよ、今、彼女のことを正直に言ってどうおもっているか？　とジョージソンはオレに聞いて、よくわからないとオレは答えた、本当によくわからなかったんだ、どうしたいのか？　とジョージソンは次に聞いた、彼女ともう一度やり直したいのか？　というわけだ、それはない、とオレは言った、その頃、レイコにドイツ映画の主役の話があって決まりそうだというわさが伝わってきていたんだ、別にオレが何か動いたわけじゃないよ、レイコが自分の力でつかんだんだ、おめでとうなんて言う気には絶対になれない、とオレは正直にジョージソンに言ったよ、そんな仕事の話なんかつぶれてしまえばいいと思う、それでつぶれてしまえばいいと思う自分がものすごくイヤなんだ、そう言うと、ジョージソンは優しく笑って、それでいいんだ、と言った、そうやってリアルな自分と出会っていくうちにゆっくりと彼女から自由になれるよ、とそう言ってくれた、ものすごくうれしかったよ、ジョージソンが自殺するまでオレは何度かレイコのことを話したもんだ、そう、ジョージソンは自殺したんだった、オレはあれほど心の痛まない他人の自殺に出会ったことがない、この世の中に断言できることはあまりないが、自殺は殺人よりもタチが悪い、第二次大戦中の旧日本軍のバンザイ突撃や集団自決についてオレは一時間くらい喋れるよ、実際にレイコやケイコに喋ったこともある、大量にコークやエックスをやってその上にアホみたいに高価なワインやシャンペンを飲むとただでさえお喋りになるのにレイコやケイコはA型の血液型特性でものすごく聞き上手だったからな、戦争の話までしてしまったわけだ、食事中に戦争の話をするのは最低だよ、オレがまだ二十歳そこそこの頃、高校の一年後輩の女と寝たことがあって、実はその女が自殺したんだ、名前は、忘れたがジュンコとかイズミとかサワコとかそんな名前だったな、サワコは母親だけに育てられたらしかった、そんなことを高校の頃に話したことがある、サワコはクラブ活動で同じ新聞部に入っていて、安田講堂とか全共闘とかあの時代だから、いやそういう妙な時代があったんだよ、石油が無限にあると思われていた時代だ、資源が無限にあると思っているうちはオレ達は浪費を許される、浪費は基本的に良いことだ、欠落と過剰の象徴だ、そういう時代の高校の新聞部員はいろんなことを話すんだ、フランツ・ファノンの『暴力論』から、母子家庭におけるファザー・コンプレックスの具体例までね、サワコは文章もうまかったしよく本も読んでたし難しいことを話したがるタイプの女子高生で、母親に誇りを持ってることをいつも強調していた、話し出すと長くなった、話が熱を帯びると目が潤んでくるんだよ、そういう女っているじゃないか、別に色っぽくも何ともないけどな、話したいことは他にあるのにそれは決して打ち明けることのできないものだから、とにかく一般的なことをえんえんと話す人のことだよ、焦りと自己愛と、本当に話したいことを話していないというフラストレーションのために目が潤んでくるわけだよ、だからセクシーでも何でもない、サワコは本当は自分の容姿とセックスの願望について誰かに話したかったんだと思う、ぽっちゃりした女だったんだ、目が大きくて角度によってはきれいに見えることもあったんだけどとにかく色が白くてぽっちゃりとしていた、手足の指とかも丸くて太くてね、で、もっと違う体型になりたくてそれができないから自分とか母親とか父親とかに憎悪を持ってそれをとりあえずはセックスによって処理したいと思っていて、そのことについて話したり実際にすごいことをやってみたいくせに、まだ慣れていなくて恥ずかしいから他のどうでもいいことをえんえんと話し続けることになるわけだ、不幸なことだよ、こういうのを不幸と言うんだよな、と思いながらオレはいつもセーラー服姿のサワコを見ていたもんなんだ、こいつがフランツ・ファノンやエルドリッジ・クリーバーなんか知らなくて、いつになったら耳にピアスをあけることができるだろうって考えているだけのちょっと昔風の言い方だけど煙草屋の看板娘かなんかだったら本当に良かったのになといつも思ったもんだよ、そう思わせるくらい色が白くて小柄でぽっちゃりとしていたんだ、オレは予備校に行くとか何とか言って一人でフラフラとヨーロッパやインドに行ったりするようになった、高校を卒業してからだけどね、たまにしか家にいなかったんだが冬だったよ、フラフラしだして二年目か三年目の冬にサワコから電話があったんだ、確か三日くらいしか実家にいなくて、またすぐにルーマニアだかハンガリーに行くって時だった、びっくりしたよ、二、三年会ってなかったわけだからさ、よく憶えてるよ、渋谷の東急会館の中の喫茶店で会ったんだ、サワコは地方の国立大学で美術史か何かを勉強してたはずだ、細く見えるようにと着込んでいたぴっちりのベルボトムのジーンズがまったく似合っていなくて、体型をさらにぽっちゃりと見せていた、高校時代よりもっとぽっちゃりしていて、ただし顔だけに陰のようなものが出ていた、バージンじゃないなとオレは思ったよ、ゴリゴリの古典キリスト教派に言わせると罪を知ってしまった顔、ということになるんだろうな、喫茶店ではあまり話をしなくて、夕方だったから酒を飲みに行ったんだ、当時のオレは二十歳を出たばかりだったけど東ヨーロッパからアンティークのランプシェードを輸入したりして、金はけっこう持ってた、それで小ぎれいなバーもよく知ってたから、そういうところの一つにサワコを連れて行った、先輩は堕落してしまったんですね、とその大理石のバーカウンターのある店でサワコが言ったよ、確かにそう言ったんだ、堕落だってさ、何だよ、笑っちゃうよ、昔の先輩はどこに行ったんですか、ここはプチブルの溜まり場じゃありませんか、あなたはランボーに憧れてたしこんな日本なんか捨ててやるって言ってたじゃありませんか、って、サイド・カーをガンガン飲みながら、目を潤ませて、言ったよ、オレと寝たいと思ってるな、と思いながら、オレはオレなりに日本を捨てるということを実行してるんだって弁解じみた口調で話した、オレはその頃一体何をやってたんだろう？　インドの南の方の、ラクダのタクシーがあるような町で、何とかプールって言ったな、ビジャプールとかそういう名前の街だけど、そこでアンティークの飾り皿を買ったのが最初だったんだ、要するにオレのビジネスの最初だよ、ある場所ではそれほど価値のないものを買い上げて、違う場所で売る、そのうち、買い上げたものをちょっと加工したり磨き上げたりするようになったけどね、インドから始まって当時はあまり知られていなかった国へ行ってたんだ、主に南米と東欧と西アフリカだったけどね、外国の具体的な話は昔も今も効果があるんだ、オレはインドの北の街のピンク色の夕焼けと、マリとモーリタニアの国境で拳銃で撃たれた話をした、夕焼けやオーロラや虹といった神秘的なニュアンスのある話は女を泣かせるもんだ、危険なエピソードも同じだ、すごく効く、いやらしい話なわけだよ、サワコは何かショッキングな現実に突き当たった時のような表情になった、オレは本質的な印象を与えるように、話した、わかって貰えないとは思うが本当に誇張じゃなくその砂漠の入口の街の夕焼けはピンクなんだよっていう風にね、『赤ちゃんの唇みたいな色なんだ、砂漠の入口がどういう風になっているか知ってるかい？　写真や映画で見る砂丘みたいなのしかイメージできないだろう？　砂漠はどういう風に始まると思う？　海と同じようにはっきりした境界があって急に砂漠が始まるわけじゃないんだよ、知ってみると当り前のことなんだけど、並木とか公園のある普通の街からまず緑色が失くなって、岩が目立つようになる、岩だらけの地形が一つの丘や山となっていくつか続くとやがてそれが土になり、そして砂が現れて、砂が他のすべてを侵食していくように気が付いた時には人は砂漠の真只中にいるわけだ、誰だったっけ？　ポール・ニザンだったっけ？　砂漠には何もない、だから人は砂漠で自分自身に出会うって言った奴がいるよな、その街からは一つ低い山の向こうに拡がるうねりのある海のような砂漠が見えた、そして一番ピンクの色が強いのが砂漠なんだ、世田谷でも陽が落ちた直後に空が薄紫色になることがあるよな、あんなボンヤリした色じゃないんだよ、すごくなまめかしい感じがするんだけどそこにはまったく手がつけられていないという色なんだ、うん、そうだ、赤ん坊の唇だ、赤ちゃんの舌だといってもいい、それが海みたいにうねりながら、ずっとずっと彼方まで無限に拡がっているんだよ、オレは思ったよ、ああ、人はああいうところで自分自身と出会うのかと思ったね、あそこではきっと自分自身はピンクに染まっているだろうと思ったんだ』とオレはそういう話をサワコにした、サイド・カーってカクテルはひどく酔うんだ、目をもっと潤ませて、まるで泣き止んだばかりか、これから泣き始める時みたいに、目をグチャグチャに潤ませて、赤ん坊の舌……なんて呟きながら、どこか二人きりになれるところに行きたい、なんて歌謡ポップスの歌詞みたいなことを言うから倉庫代わりに使ってた南青山のマンションに連れて行った、ソファが一つあるだけでまわりはアンティークの山だった、カーペットとか銀の盆とかコインとかイコンとか安い宝石の細工ものとかそんなもんだよ、オレはセネガルのでかい木彫りのトーテム・ポールが七、八本並んでいるすぐ横でサワコのベルボトムのジーンズを脱がした、目の前に現れた尻は彼女のからだのその他の部分のどこよりもぽっちゃりしていた、アンティークの乾燥状態をうまくキープするためと火の気を厳禁にしていたために部屋はけっこう寒くてサワコはその白くぽっちゃりした尻と太腿《ふともも》に悲し気な鳥肌を立てていたよ、酒が入ってたから大して気にならなかったけど、その鳥肌のある尻と黒いトーテム・ポールの組み合わせはよく憶えてるな、そしてオレもトランクスを当然下ろしたんだが、サワコは、だめなの、と言って突然泣き出した、生理なのかと思ったんだけど、そうではなくて、それはかなり異様な理由だった、『できないんです』とサワコは言った、『ヤザキさん本当にごめんなさい、できないんです』別に謝ることはないとオレは言ったよ、鳥肌が立ってるったってオレは白いぽっちゃりした尻だって嫌いじゃないし、既にビンビンに、あ、失礼、きちんとＯＫになっていたから、それにオレは何たって二十歳だしさ、別に謝る必要はないったって、何だよ、バカ野郎、と思ったな、軽い、普通の、スケベ心が発する怒りだよ、超能力が発生してしまうような爆発的な怒りなんかじゃない、生理なのか？　とサワコに聞いた、サワコは下半身が剝き出しになっているのにそれを被い隠そうともしないで何だかボーッとしたまま首を振り続けたよ、あんまり長く首を振り続けるんで、生理なのか？　という質問とは無関係の否定なんじゃないかと思ってしまったほどだ、どうすればいいのかわからなかった、トランクスを、自分だけひきずり上げるのも下半身剝き出しのサワコに悪いと思ったし、ぽっちゃりした尻のすぐ横に、本当に五、六センチしか離れていないところにトーテム・ポールがごちゃごちゃ並んでいるのも思考力を奪ってしまう原因の一つなんだろうなって考えたりしてた、硬そうな黒い木で作ったやつで上下に引きのばした感じで女の顔が彫られていたんだが、何ケ所にも皮紐や縄が巻いてあった、目も鼻も口も顎も全部上下に引きのばされていた、それにあのポールの表面のヌメヌメした光り具合だね、まるでグリースを塗ったような感じでそれと鳥肌の立ったサワコのぽっちゃりした尻が並んでいたわけだ、残酷な感じがしたしものすごくいやらしかったな、官能的とかそういう抽象性の高い上等なものじゃなくてとにかく単にいやらしいということだ、普段は隠されていて見えない恥ずかしい下品なものが目の前にある、ということだ、そういう中でサワコは下半身を隠そうともしないで話し始めた、あまり聞きたくないタイプの話だった、どこの大学だったか忘れたがいかにも一九七〇年代の初めの地方の国立大学の美術史科にありそうなおどろおどろしくて最低の話だった、『セックスはできないんです』まず、もう一度サワコはそう言った、それはわかったよ、とオレは巨大なペニスのような黒檀のトーテム・ポールに触りながら言ったよ、『わたしは、大学である人と恋をしました、今も進行中です』恋、だと言ったんだ、恋！　いやな予感は強まったよ、尻に鳥肌を立てて下半身裸のままのぽっちゃりした元暴力革命論者が、恋をしました、って言ったんだよ、何も聞かずに、いいからその男とは別れろと言おうかと思ったよ、言えばよかったんだ、『その男性はわたしと年が倍以上いや三倍近くと言った方がいいかな離れている芸術家なんです、でも誤解しないで下さいね、父のイメージを求めてその人に近づいたわけじゃないんですよ、何と言えばいいのかしら、彼は何かを捨てることができた人なんです、若い頃に前衛的な彫刻をたくさん造って賞もたくさんとったらしいんだけど東京の美術の世界というのが大嫌いで故郷に戻って来て三十何年間一切表現から遠ざかっていた人なんです、彼を初めて見た時にもうわたしは足が震えていました、枯れているんだけどどこかに強い光を放つものがあるっていう昔ヤザキさんといろんな国の革命家について話したじゃありませんか、革命家っていうのは老人と少年を合わせたような顔をしているもんなんだなって話しましたよね、まさにそういう顔だと思ったんです、最初の頃は彼とよく革命やゲリラの話もしました、彼は自分をゲリラのようなものだと言いました、中央から離れて決して表現という概念の奴隷にならず、巨大な何かと戦っているんだと言いました』本当に戦っている奴は自分が戦っているなんて言わないし、ゲリラだったらなおさらだってオレは思ったが黙っていた、そんな男はクソだ何の才能もないし勇気もないからたわ言を並べて田舎に引っ込んでるんだ、本当に表現を拒否するほど恐ろしい才能の持ち主は大学で美術史科なんかにいるわけがないじゃないか、たぶん園芸とか農業とかハンターとか関係ないことをやってるよ、みたいなことをもうちょっと元気があったら言ってたよ、寒かったし、トーテム・ポールが元気を奪ってた、サワコのことも気に入らなかった、革命やゲリラまで持ち出して何だかんだ言っているがお前だってただ寂しいだけなんだ、寂しくて、自意識から自由になりたいだけだ、下らない男でしかもカスのような老人だから安心できるんだ、それだけだよ、この男だったら絶対に自分から離れていかないだろうと安心しているだけなんだ、何かを失うのが恐いから老人のカスと付き合うんだ、『やがて、彼が、わたしと出会ってまた表現する気持ちが湧いてきたと言うようになりました、ヤザキ先輩わかりますか？　三十年以上何もしなかった人がわたしを見てもう一度彫刻に戻る気になったって言うんですよ、それを聞いた時、わたしは信じられないくらい興奮しました、からだが震えてくるのがわかりました、彼は言いました、サワコ、でもまだ実際に石や金属に向かうことはできないんだ、ぼくにはまだやるべきことがある、それがわかってからでないとモノを造ることなんかできやしない、それは彼がわたしの子宮を見て宇宙についての何かを知ることだったんです』オレはさすがにそれを聞いて声を出したよ、おいおい宇宙と子宮がどうしたんだい、それにどうやって子宮なんか見れるんだよ？　『彼はわたしのことをうんと拡げて産婦人科の医者が使う鏡みたいな道具を使って一日に何度も見ています、彼によると子宮と宇宙は原理的に同じものなんだそうです、わたしは、だから処女でなくてはいけないんです、男のものを通過させてはいけないんです、セックスした後では子宮は宇宙ではなくなるんです』一年後に、高校の同級生からサワコが自殺したことを聞いた、別にそれほど親しかったわけじゃないし、自分の女だったわけじゃないけど、丸一日起き上がれないくらいショックを受けたよ、いずれ本当のことがわかってこいつは傷つくんだろうなとぽっちゃりした尻を見ながら思ったんだけど、まさか死ぬとはね、その子宮ジジイのせいじゃなかったのかも知れないよ、でも少なくともそのジジイはサワコの自殺を止めることはできなかったわけじゃないか、サワコみたいな女の子は大勢いる、単純に寂しいだけなんだよ、寂しいってことを認めることができなくて恐ろしくマイナーな地点で論理づけをして男を求めるんだ、そして自殺する、実際に死ななくても、死んでるのと同じ状態になってしまう、何てバカなんだろうと思うよ、でもしようがないんだろうな、レイコだって同じだ、何てバカなんだろうと思うがしようがない、バカなわけじゃないんだ、それが他人ってことだ、別の肉体を持った個体なわけだ、そんなことオレはわかってるんだよ、でもやっぱりバカだと思うな、個体もへったくれもないよ、ただ頭が悪くて体力がなくて遊び相手に恵まれなくて自分を好きになる努力をしていないだけだ、当り前だけどオレはサワコのトラウマについて知らない、レイコのトラウマについても結局何も知らずじまいだった、そんなもの知りたくないもんな、ジョージソンの自殺にはそういう暗さがなかった、やつはモルヒネ製剤の鎮痛剤を十日分まとめて飲んだんだが、今からボクはボクの心臓にちょっと休憩を与えようと思う、とまわりのみんなに言った、その頃は末期でひどく苦しそうだったからみんなジョージソンがそう言っても納得したよ、バカだななんて決して思わなかった、こいつは最後まで戦った、とみんなが思ってたんだ、ジョージソンとだけはよくレイコのことを話したな、レイコのトラウマと、彼女自身の行為の関連がよくわからないとオレはジョージソンに聞いたことがある、なんでわざわざマイナーな存在に憧れる必要があるんだろう？　共同体に対抗するように見えてそんなことは非常に共同体的じゃないかってね、優しく笑ってジョージソンは言ったよ、彼女が何を欲しかったのかはわからない、何に飢えているのかわからない人間がこの世の中にはいる、それはそういう人間自身にも何に飢えているのかわからないからだ、だからその女が何を欲して自分から離れて行ったのかなんて考える必要はない、ただ必要がないからと言って考えられずに済むわけでもない、だから考えればいい、そのうち考えることから少しずつ自由になれる、無理に考えることを止めて果たして自由になれるかどうか、それはわからない、考えるということは疑似体験をしていることだ、『13日の金曜日』の映画だって何度も見ると恐くなくなるだろう？　同じことだよ……

ジョージソンは本当にいろんなことをオレに教えてくれた、ただ、オレの相談の性格上そうなったんだろうが、そのセラピーはまさにすべてこの世のゆううつに対処するためのアドヴァイスになってしまった」

ヤザキは、ゆううつ、という言葉を使った時に非常に悲しい顔になって、それまでえんえんと途切れることなく続けていた話を中断した。ただ、その中断は聞き手であるわたしの神経や時間への配慮ではなく、新たにコカインを吸うためだった。ちょっと失礼するよ、と言ってヤザキは大理石のテーブルの上に金属の容器から白い粉をこぼし、この世の中にこれほど心ときめく儀式は存在しないというように、アメックスのプラチナカードでそれをていねいに細かくしていった。自分でも信じられないことだが、わたしはそのヤザキの作業に好感を抱いてしまった。確かにコカインを所持し吸飲するのはイリーガルだし、行為そのものが時代遅れでさえある。今時わたしのまわりでコカインやクラックをやるのはごく少数で、彼らは一様に魅力のない弱い人間達である。彼らは、一緒にコカインを吸いさえすれば女と何か楽しいことがやれると考えている最低にさもしい男達であり、あるいはその他には何も充実したことがないとすぐにわかってしまう、意地汚い人間達だ。だが、ヤザキは違った。わたしは以前、もう五年以上も昔のことになるが、大学の論文のためにアパラチア山脈の奥地に住む北ドイツ系移民の村落を六週間にわたって取材した。論文のテーマは、少数民族の小規模共同体における貧困と因襲といったものだった。よくああいうところに六週間も居られたものだと思う。今考えてもあの村は好きではない。仲間と共にわたしは、ほとんど文字が読めない住民達に常に好奇の目で見られ、時にはかなり不愉快な経験もした。近親婚が多く、教育がない閉鎖された小規模な共同体がいかに深く堕落するものか、わたしはその村で学んだつもりだ。だが、その村には、美しい日常がまったくなかったわけではない。アパラチアの西側に夕陽が沈んでいき、山々の稜線が濃いシルエットになり、その薄い空気がピンクに染まる頃、村の男達はそれぞれの粗末なテラスで自家製のビールを飲むのだった。女達はそのささやかな楽しみに参加が許されていなくて、素焼きのポットに入れたビールのお代わりや干肉や手製のクラッカーなどを運ぶだけだった。友人たちによればそれは父系社会の粗野な習慣の具体例に過ぎなかったが、わたしはその時間帯の男達を見るのが好きだった。日本人だからかも知れない。わたしは妙な懐かしさを覚えた。男達はお互いに何か喋るわけでもなく、熱心に景色を眺めるわけでもなく、昔からそうしてきただけで他には楽しみはないという悲しみをにじませて、単にビールを飲んだ。適当な言葉が見つからないが、あらゆるものがビールを飲む男達を中心に、調和しているようだった。

今、目の前で白い粉のラインを作り、百ドル札を丸めて鼻から一息に吸い込んでいるヤザキを見てわたしはそのアパラチアに住む男達のことを思い出したのだ。コカインを吸うヤザキは頬の肉がややたるんでいて、額や目尻や口元には皺もよく目立つし、うっすらと生えた口ひげには白いものも混じっている。すっかり長話になっちゃったよ、と赤い目でわたしに言う。気負いも照れもない。自信を感じるわけではないし、落胆や後悔が伝わってくるわけでもない。この男が勝利者なのか敗北者なのかわたしにはわからない。恐らくヤザキ自身もわかっていないはずだし、きっとそんなことどうだっていいのだろう。

だが、一つだけ明確なことがある。それは、調和するゆううつさ、とでも言うべきものだ。さっき、ゆううつ、という言葉を使った時ヤザキは耐えられないほどの悲しみに出会った顔になった。ゆううつという言葉にたどり着くためにそれまでのすべての話があったかのようだった。

男達は酒や麻薬をさまざまな目的に使う。高揚、欲情、鎮静。ヤザキの目的が、手で触れられるものとして目の前に見えるようだった。それは自己嫌悪との調和で、それを果たし続けていくことは要するに絶対としてのゆううつなのだ、とこの男は言いたいのだ。

わたしはウォークマンに新しいテープを入れて、録音のボタンを押した。それらの指の動きと、RECという赤いライトが点くのをヤザキは充血した目でじっと追っていた。どうしてこの男に客観的になれないのだろう、と思いながらわたしは七〇年もののシャトー・ムートンを二口ほど飲んだ。ヤザキはまるでソムリエを思わせるような自然な動作でシャトー・ムートンのボトルを右手で持ち、わたしのグラスに音もなく注ぎ入れた。鮮やかな赤い液体がバカラのグラスの内側を濡らしていくのを見て、足りないのはきっと警戒心なのだろうと思った。わたしの中では同じ音量で二つの声が響いている。この男と長く一緒にいるのは危険だ、という声と、やっとホームレスの話題が出てきたところだから、という声だ。わたしは自分がインタビューを中断しないのを知っているようだ。この男と寝るつもりか、という問いには断固としてノーと言える。それほど単純に生理的に考えなければならないほどわたしは不幸ではなかったし、今も不幸ではないからだ。そして、その不幸ではないという理由で、もっとも必要なはずの警戒心をわたしは持つことができないのである。時間は大丈夫なのか？　とヤザキは自分のバカラにワインを注ぎながらわたしに聞いた。できればもう少しお話を伺いたいのですが、そう答えると、ヤザキは何かをバカにしたようにフンと鼻で笑った。参ったな、そう言って、コカインをもうワンライン吸った。参ったな、という低い声を聞いて、わたしはある映像を思い浮かべてしまった。わたしとヤザキが抱き合っている映像だったが、そこに性的な意味合いはない。着衣のまま抱き合っている。そしてどちらかが救いを求めている。映像の中では二人共無言なのでどちらが助けを求めているのかはわからない。どちらが救っているのかという問いは当然のことながら無意味だ。人間の名で行なわれる救済は、双方向でのみ成立するからだ。バランスを失った人間を救済することによってある人間はかろうじてバランスを保つ、わたしがヤザキとの関係で望み、恐れているのは実はそのようなことなのだ、とわかった。それはひどく危険だ。それに比べるとセックスなどスポーツに等しい。わたしは恐らく自分の力でヤザキの調和したゆううつを壊してみたいと思っているのである。それは世界の果てまで行くよりもきっと危険なことだろうと思う。

「何の話だったっけ」

ヤザキは本当に何の話をしていたのかを忘れているようだった。

ジョージソンのことを伺っている最中でした、

「そうか、ジョージソンのことだったな」

そう言って、ヤザキは下を向いて微笑んだ。わたしにとっては残酷なニュアンスのある微笑みだった。別に何だって同じなんだ、という微笑みだったからだ。そうか、ジョージソンか、でも別に何だっていいんだよ、何の話でも同じだし話を聞いている相手だってあんたじゃなくったっていい、誰だっていいんだ、もちろん喋っているのがオレである必要もない、お喋りなんてそういうもんだしそんなものはあんたもわかっていると思うがその程度のもんなんだよ、という意味の笑みをゆっくりと時間をかけて消してから、ヤザキはまた告白に戻っていった。

「……ジョージソンがオレに話してくれたことはたくさんある、オレがあいつにたずねたのは今考えてみるとレイコのことばかりだった、いろんなことを聞いたが結局はレイコのことだった、ホームレスが集まるブルーハウスのカフェが場所としては一番多かったが、ジョージソンが横になってたベッドでもよく話したな、他人との話をはっきりと憶えているのはジョージソンだけだな、あいつが話してくれたことはしっかりした構成力のある絵画みたいによく憶えてるよ、エイズでいろんな病気を併発してほとんど動けなくなってからだが、オレが例によってレイコのことについて、本物のジェラシーってやつはからだを内側から焼かれるようなものなんだってわかったみたいなことを言って、ジョージソンは肉腫のできた顔を歪ませて笑いながら、そのオレの問いには直接答えずに、ボクは実はアステカの遺跡に行きたくてそれを果たせないまま死ぬのが本当に残念なんだ、というようなことを言ったよ、アステカだ、とジョージソンはオレの顔を見ながら何度も言った、アステカのことを聞いたのは彼が自殺する一ケ月くらい前だったんだがオレは可哀想にこいつもエイズに神経をやられたんだな、と思ったよ、だってジェラシーのことを聞いたのに、急にアステカのことを話し始めたんだから誰だってそう思うよな、あまり知られていないんだがエイズで痴呆症になるケースはかなりあるんだよ、オレも何人か見たことがあるが末期の患者に多いけどね、症状はさまざまだが痴呆状態になっていくわけだ、恐いよ、痴呆と簡単に言うが人格が変わってしまうわけだし、結局別の人間になっちゃうわけだからね、ジョージソンはそのＡＤＣ、何て言ったかな、たぶん英語はあなたの方が確かだと思うんだけど、エイズ・ディメンティア・コンプレックスだったかな？　そのやっかいな症状はジョージソンはないと思っていたのに急にアステカだろ？　いやな感じがしたよ、ジョー、とオレはあいつに顔を寄せた、エイズに冒された人間の中には不思議な印象を与える顔を持つのがいてジョージソンはその典型だったんだが、つまり最初見る時は非常に辛いんだ、元気な頃のそいつを知っているとさらに悲惨な感じは増すだろうね、病いが物理的にからだを冒していることが悲しいくらいによくわかる、気温や湿度や刺激や傷や衝撃や毒やあらゆるものに対して抵抗力を極端に失くしているんだと納得せざるを得ない顔なんだ、皮膚は単にたるんで皺があってパサついてるだけじゃない、異質なもの、よくスティーブン・キングの小説とか映画に登場しそうなわけのわからないものが皮膚の裏側にもぐり込んで皮膚を内側から腐らせているようなそういう印象だよ、目とか口、唇の粘膜なんかもすごいんだ、今にも溶けだすんじゃないかって思うくらい壮絶な顔も末期の患者にはいて、ジョージソンもそういう一人だった、だがそれは第一印象なんだ、その時はオレもたとえ相手が尊敬するジョージソンであっても悲しくなるよ、で、傍にいるうちにその印象が変わってくるんだがこれはオレだけかも知れないな、他の人に確かめたことはないしそういうことを書いた記事も読んだことはないしね、エイズ末期を生きている人間の中には、傍にいてその顔を見続けるうちに印象が明確に変わるのがいてジョージソンはその典型だったんだ、慣れるのもあるんだろうがそれだけじゃない、例えばある種の皮膚病の人間の顔には慣れは働かないし、今オレが言おうとしている尊厳のようなものはないからね、尊厳というやつとも少し違う、うまく言えるかどうかわからないが、それはオレの考えでは新しい概念だと思う、まだ言葉になっていないはずだ、顔はその表面も内部も明らかに退化しているのにその印象は一緒にいる時間と共に変わって、新しい人間がそこにいるような気さえしてくるんだ、進化の途中にある人間と一緒にいるようなそういう気になってしまう、悲惨だなという印象はそのままなんだが退化してしまってるなっていう印象が変わるわけだ、オレは四十年と少し生きていろんな奴に会ってその中には病気や薬物中毒や精神障害で退化してるなって印象の奴もたくさんいたけど、その、ジョージソンみたいに進化の途中ってことを思わせるようなのはいなかった、オレの経験の範囲だがそういうのはエイズだけだし、それがどうしてエイズ患者だけに感じるのかもわからない、進化のイメージが少し変わってしまったくらいだよ、進化にはあまり醜いイメージはない、脱皮して滑らかな肌になるとかツルツルした表面の卵が誕生するとか殻が破れてきれいなものが飛び立っていくとかオレはそういう漠然としたイメージを持っていたんだけど、ジョージソンとかを見ているうちにそれが変わった、進化の、それも途中はひどく醜いものなんじゃないかな、新しい環境を受け入れるわけだから反応するからだは一時的に退化してしまったかのように醜くなるんじゃないかってそんな風に考えたりしたよ、本当にこいつが進化の途中だったらどんなにいいだろうと思いながらオレは顔を近づけてジョージソンに言った、ジョー、オレが誰かわかるか？　ってね、するとジョージソンは真剣な表情で、あんたはミスター・ヤザキだと答えたからオレは安心した、なぜだかよくわからないんだがジョージソンは初めからミスター・ヤザキってオレのことを呼んでたんだ、ファースト・ネームで呼んだりはしなかった、それで彼がＡＤＣにやられたわけじゃないってことがはっきりした、じゃあなんでアステカなんて急に言いだしたんだろう？　そう不思議に思っていると、ジョージソンは今度はリャマの話をした、ミスター・ヤザキ、リャマって動物はペルーにはいてメキシコにはいないんだよ、リャマは人間の食べない草を食べるから食料にするには最適なわけなんだ、そのリャマがメキシコ盆地にはいなくてアステカ人は蛋白質をとるのに人肉を使わざるを得なかったわけだ、マヤにもアステカにも神々に人身を捧げる儀式があるんだけどね、アステカは特別だったんだ、もちろんこういう説には異論もある、だがボクはフィジカルなものが精神を支配すると確信している、危機感というのは必ずフィジカルなものなんだ、もちろんそれはジョギングやエアロビクスなんかとは無関係だけどね、極端な動物蛋白の不足がアステカの食人王国を産み出したっていう説にはボクは賛成だね、食べられるのは大体が捕虜なわけで、アステカ人は主に捕虜を手に入れるために戦争した、捕虜は儀式の日までかなりの間拘束されたそうだ、拷問が行なわれる場合もあれば食いものや女を与えられることもあった、笞《むち》で打たれたり棒でぶたれたり火で焼かれたり手足を切断されたりすることもあるがいずれにせよ自分の部族と捕虜との間に関係性をつくるのが目的なんだと思う、ただ殺すだけじゃだめなんだよ、関係性、意味性が発生しなければならないんだ、儀式が行なわれる朝、捕虜は最終的に殺される前に考えられる限りの虐待を受ける、ただし辱しめられるようなことはない、捕虜は誇りあるものとして食料にしなければならないからだ、まず捕虜は立ち上がって歩かされながら指から始まって手首や腕など骨を折られる、その音をアステカ人は楽しむんだよ、人間に本来的に残虐を楽しむという特性があるかどうかなんてこの際どうでもいいんだ、骨を折った後、人々は木の枝の燃えさしを手にしてそれで捕虜のからだを打ったり、焼けているところをからだに押し当てたりする、それで当然捕虜はかなり弱る、ピラミッドまで行く間そういうことが行なわれるんだが、ラストは木の枝の燃えさしを目や鼻や口や耳に刺していく、一番最後には肛門に突っ込むらしい、だがまだ捕虜は死んではいけない、髪の毛をつかんでピラミッドの頂上に引きずり上げられるんだ、そこで殺されて切り刻まれて食料となるわけだけどボクがすごいと思うのは木の枝の燃えさしを肛門に突っ込むってところなんだよ、だって捕虜はずっとヨロヨロと歩かされているわけだろう？　どうやって肛門に狙いを定めるんだい？　けっこう難しいぜ、刺す方が地面に這いつくばって他の誰かが尻の肉を両側に拡げてやらないとアナルなんて見えもしないわけだろう？　関係性ということで言うとひどく手が込んでるよ、メキシコのアステカの遺跡では、頭蓋骨でできた白く高い塔があちこちに立ってるそうだ、アナルに木の枝の燃えさしを突っ込まれて殺されて食われた人々の骨でできた塔だぜ、誰だって行ってみたいと思うだろう、ボクはぜひ行ってみたかった、ジョージソンが、ジェラシーの相談を受けてなぜアステカの話を始めたのかオレにもやっとわかってきた、それは、いやあ嫉妬のせいでからだを内側から焼かれるみたいだったよというモノの言い方が間違ってるってことだ、単純に言うとそうなる、あるいは、嫉妬という醜い感情に支配されないように例えばアステカのようなフィジカルで具体的なあるイメージを持つことだ、アステカで殺されて肉を食われた捕虜は木の枝燃えさしをアナルに入れられた、そういう痛みを正確にイメージすることができれば、嫉妬でからだが焼かれるようだなどとふざけたことを言わずにすむ、そういうことだとオレは思った、ジョージソンが言いたかったのは要するにそういうことだろうと思ったんだ、だからオレは、ありがとうジョージソンと言って、オレが話を理解した証拠としてナチスとユダヤ人のことを喋った、ジョージソン、オレもそういうことをイメージしたことがあるよ、だからあんたの言うことはよくわかる、オレがいつもイメージしたのはアラン・レネの『夜と霧』の中の、えんえんと並んだ丸い穴だけの便所だ、意外に思うかも知れないがオレはアラン・レネというディレクターがものすごく好きでその中でもドキュメンタリーが好きで彼の『ゲルニカ』は二十回以上、『夜と霧』は三十回以上観ているんだ、『夜と霧』の中で最も恐いのはガス室ではなくて、あの何百と並んだ丸い穴だった、囲いも何もない、しかもその丸くくり抜かれた板だけの便所は床よりも高いところにあるんだ、人々はその細長い台みたいなところによじ登って用を足さなくてはならなかったわけだ、それは単に監視がしやすいという理由でそうなったのだろう、こんな恐怖は他にはないよ、オレはレイコのことで嫉妬に苦しむ時いつもそのアウシュビッツの便所のことをイメージするようにしたんだ、オレがいくら苦しいからってそういう便所で用を足さなければならなかった人々をイメージするとすべてがただの泣言だってことがよくわかった、だからジョージソンあんたの言うことはよくわかるよ、そんなことを言うと、ジョージソンは薄笑いを浮かべて首を振った、違う、と言うんだ、あんたは何もわかっちゃいない、そう言われた、アステカの話をしたのはそういう意味じゃない、アウシュビッツの囚人達は言語に絶する苦痛を味わったし、アステカの捕虜もそれは同様だが、それはあんたやボクの個人的な痛みとは比べることができない、想像はできるが決して実質的に比べることのできないものだ、あんたはバカじゃないからそのことはよくわかってるはずだよ、だからその女が与えた傷とか現実的な嫉妬の苦しみを例えばアウシュビッツのユダヤ人をイメージすることで中和しようとするのはひどくばかげたことで間違っている、そういう風にジョージソンから淡々と言われて、頰が赤くなるのが自分でわかったよ、本当に恥ずかしかった、ジョージソンはその後しばらく黙った、次に話すべきことを頭の中で整理しているんだろうと思った、ゆっくりと言葉を選び話すべきことを整理してから話しだす奴だったからね、でもそうじゃなかった、その時喋るのを止めてしばらく目を閉じたのはものすごい痛みに耐えていたからなんだ、末期のエイズ患者の痛みというのは想像を絶したものらしい、ジョージソンの表現によると、痛みという概念が結晶体となって巨大にふくれ上がり自分をすっぽりと呑み込んでしまう、そういうことだそうだ、そういう痛みに耐えた後、単純なことだ、とジョージソンは再び話し始めた、ボクがアステカのことを言ったのはもっと単純な理由なんだ、嫉妬と、フィジカルな病いの絶対的な違いについてだよ、この世の中のありとあらゆる行ないはその個人の情報の総体と、その情報を誰か他人に伝えるというモティベーションによって決定される、ということなんだ、ボクは病気だからアステカへは行けない、あんたはたぶんボクよりも激しい嫉妬の痛みと戦っているのかも知れん、それはボクにはわからない、だがいつかはその痛みに代わるもの、独立した情報系を誰かに伝えるという強いモティベーションを発生させなくてはならない時機が来るはずだ、それはつまらないことかも知れない、ボランティアの団体に入るとか、広告代理店に入社するとか、宗教に染まるとか、結果的にそういうことかも知れない、それがあんたという人間なんだ、あんたは自分の情報系の総量と自分のモティベーションを自分で検証できるわけだよ、それがうらやましいと言いたかっただけだ、だってボクは無理なんだから、ボクは絶対に無理なんだよ、ジョージソンはそう言った、ものすごく明解だったよ、すべての答えがそこにあった、わかるかい？　ジョージソンが痛みに耐えてそう言うのを聞きながらオレは不思議な安らぎを感じていたんだ、あきらめと言ってもいいけどね、もういい、わかった、これ以上は聞かなくていい、自分のことがわかった、そんな感じだ、普段そんなことは決してないんだが、もう一人の自分がどこかブルーハウスの汗と排泄物の臭いが充満した集団寝室の天井のあたりから、オレとジョージソンを眺めているような気がしてきた、一人は死にかけていてもう一人は肉体が正常に機能しているだけでモティベーションということでは死にかけている、二人は同じだ、宇宙人が見たら二人は同じだとすぐにわかるだろう、オレは、自分が死にかけているのがわかったし、ジョージソンもわかったんだろう、抵抗する気はなかったよ、もう終わりだとわかったがそれはすばらしいことのように思えたんだ、ジョージソンはオレの方を見て笑いかけてきて、オレも笑った、オレの言いたいことはちゃんと伝わったかい？　という笑いで、オレはああちゃんとわかったよ、と笑い返したわけだ、ジョージソンはその四日後に死んだ、ジョージソンが死んで、ホームレスなんか止めようと思ったんだ」

ヤザキはそこで話を止めてわたしを見た。バカラのタンブラーに入ったシャトー・ムートンを一息に飲み、また半分まで注いだ。誰かに聞いたのかそれとも雑誌で読んだのかワインを飲むヤザキを見ていてコンコルドのことを思い出した。コンコルドで出されるワインやシャンペンは他のどんなエアラインのファースト・クラスよりすばらしく、しかもそれが細い脚のついたワイングラスではなく、タンブラーに注がれるということだ。なぜそんなことを思い出したのだろう、と自問していると、ジェット旅客機の映像が突然頭に浮かび次々と機内の様子もまるで映画を見るように目の裏側に点滅した。驚いたことに飛行機のキャビンにはわたしとヤザキが並んで坐りウェルカム・シャンペンを飲んでいた。スペイン語を話す褐色の肌のスチュワーデスがわたし達のすぐ横に微笑みながら立っている。航空会社はメヒカーナだ。何ということをわたしは考えているのだろうと自分を叱ったがもう遅かった。わたしとヤザキはメキシコの、ユカタン半島へ向かっている、わたしは夏用の麻のワンピースを着て、ストッキングのない素足にコルクでできたスリッパのような軽い靴を履いている、ヤザキは鮮やかな色のシルクのシャツを着て袖をまくりあげゆったりとしたコットンのパンツ、それに上品なクリーム色のデッキシューズを履いている、わたし達はアステカに向かっているのだ、カンクンに行くのは初めてかい？　とヤザキがサングラスで目を隠しながら言って、もちろん、とわたしは答える、何ということだろう、わたしはまるで遠足に出かける小学生のようにうきうきしてしまっている、すべてがどうでもよくなってしまっている、父や母や友人達のことをすべて忘れてしまっている、そもそもどうしてわたし達はカンクンなんかに行くのだろう？　アステカに行きたかったのはヤザキではなくてジョージソンだ、シャンペンをわたしは少しこぼしてしまった、からし色のワンピースに丸い染みができた、わたしは顔を赤くして慌ててナプキンで拭こうとする、シャンペンが太腿を濡らした、ヤザキがわたしを見ている、ジョージソンの話を忘れていないな、目でそういう風に言っている、木の枝の燃えさしだよ、それをアナルに突き刺すんだ、どうして濡れてしまったのだろう、風にさらされて白くなった頭蓋骨でできた高い塔がゆっくりと揺れる、カンクンには期待しない方がいいよ、ヤザキはシャンペンを静かに喉に滑らせながら柔らかな声で優しく言う、男のそういう声は聞いたことがない、ただのリゾート地だ、食いものだってあんまりうまくない、わたしは濡らしてしまった、触れられもしないのに濡れるのは初めてのことだ、焦れば焦るほどあとからあとから分泌物があふれてくる、何がわたしを性的に興奮させたのかわからない、わたしはただコンコルドのことをイメージしただけで、その前はヤザキがジョージソンについて話すのを聞き、話し終えた彼がシャトー・ムートンを飲むのを見た、ただそれだけだ、断言してもいいがヤザキと寝たいとは思わない、わたしの性欲は普通だし突然欲情することだってないとは言えない、だがこんな感じで濡れてくるのは初めてだ、わたしはひどく慌てて部屋を見回している、そんなことをしても何の役にも立たないのを知っていながらそれしかすることがないという風に、右手にバカラのタンブラーを握って、話も大体伺ったことだしそろそろ帰ることにしようかな、というような気分を装って、部屋を見回す、どうということはない、七十丁目あたりによくあるしゃれたペントハウスの一つだ、大理石のテーブルにイタリア製らしい革のソファがある、間接照明、ヤザキが何かワインに薬を入れたのではないかと一瞬疑ってしまう、わたしの分泌物は匂いが強い、今までそのことを指摘した男はいなかったが、それは分泌物についてわたしが過剰に意識しているということではなく、今までわたしが付き合った男がみな紳士であったということだ、アステカ？　それがいったい何だというのだろう、肛門に木の枝の燃えさしを突き刺される捕虜の話でわたしは興奮したのだろうか？　それほどイノセントでもシンプルでもないつもりだ、そもそもどうして二人でメキシコ航空に乗っているところなんかがイメージとして浮かんできて、消えないのだろう、本当に消えないのだ、ただカンクンのホテル街のすぐ傍には現地の連中が世界一きれいだと言って自慢している海岸がある、ヤザキがメヒカーナのファースト・クラスの座席に坐ってわたしにそう話しかけてくる、ヤザキはコロンの類を一切付けていない、だからヤザキのからだの匂いがすぐ右横から漂ってくる、景色がよく見えるようにとヤザキはわたしを窓側に坐らせてくれたのだ、わたしのシートナンバーは3のA、ヤザキは3のCに坐っている、わたしは既にヤザキのかすかな体臭に心地良さを覚えている、時折その匂いが褐色の肌のスチュワーデスの腋《わき》の匂いによって破られる、わたしにとってはそれさえも刺激的で快感だ、だってスチュワーデスはもうすぐどうせいなくなるのだから、飛行機がカンクンに着けば彼女はいなくなる、そこの海岸は本当にきれいだよ、ただしどういう根拠で現地の人々がそこが世界一きれいだと確信したのかはわからないけどな、だって連中がタヒチやカンヌやマウイやセブやモルジブに行ったことがあるとは思えないわけじゃないか、そう言ってヤザキはわたしに笑いかける、ヤザキは、「ホームレスなんか止めようと思ったんだ」と話を止めてからは、何も話さなくなった、わたしをじっと見つめているわけではないし、もうコカインを吸うこともなくなった、ただワインを静かに飲んでいる、ワインのラベルにはシャガールの絵が描いてある、わたしは分泌物がさらにあふれてお尻のすき間まで冷たくなってしまうのを感じながらそのシャガールの絵を眺めている、大理石のテーブルの上のマイクロＤＡＴのレコーダーの録音状態を示す赤い小さなランプがまるで秘密の信号のようだ、わたしがまるでニンフォマニアのように欲情していることを示す信号、分泌物の匂いはヤザキに届いているだろうか？　ヤザキは何百人という女の分泌液を知っているはずだ、ただヤザキはそんな表情をまったく示していない、わたしは時計を見る、ヤザキが話すのを止めてから、たったの四十秒しか経っていなかった。

「わかって貰えたかな？」

ヤザキがワインを飲むのを止めて、口をひらいた。わたしはうなずくが、彼がわたしに何についてわかって貰えたかと確認したのかはわからない。

「その時のジョージソンとの話の時、オレはあるドラッグのことをずっと思い出していた、その薬のことを誰からきいたのかはわからない、まったく憶えてないんだ、本当は実際にあるドラッグじゃなくてベロベロにラリった時のオレの妄想なのかも知れない、あんたはひょっとしてそういうやつのことを聞いたことがあるかい？」

どういうものですか、とわたしは身を乗り出し、太腿を閉じ合わせるようにして、聞く。

分泌液はわたしの意志とは無関係にあふれ続けているのだ。

「うん、作用としてはヘロインに似てるんだけど、もっとソフトでケミカルなものなんだよ、カプセルの形のやつが一番多くて、飲むと、約四十分から一時間で効いてくるんだけど、まず最初に静かだけど強烈な性的欲求が起こるんだ」

エクスタシーではないんですね？

「似ているけど、違う、エックスはのべにしてオレは千錠近くやってるはずだけど、話に聞いたこととして記憶に残ってるやつは、エックスの効き方とは違う、ただうまく説明できそうもないな、多分、自分勝手にそういうものがあるといつか思い込んでしまったんだろう、それしか考えられないな」

アッパー系とか、ダウナー系とか、

「どっちとは言えない、ヘロインをやったことはないよね」

ありません、とわたしは首を横に振る。

「ヘロインは非常にマゾヒスティックなもんで自分がモノになってしまった感覚を楽しむものなんだ、ちょっとそれに似てるけどモノになってしまうわけじゃない、それにヘロインをやると女は妙に発情するが男はそのてのすけべな欲望どころでは普通はなくなる、そのドラッグは男だって欲情するからね、あ、そうだ、欲情すると同時に死にたいというはっきりとした欲求が起きてくるんだ」

自殺ですか？

「それはよくわからない、ただ死にたいと思うんだ、実際に死ぬ奴がいるのかどうかは不明だ、ただ矛盾してるよ、死にたいという欲求と、性的な欲情が同居するっていうのは想像できないからね……」

ヤザキに対して自分が言った信じられないこと、それがインタビューを終えた後もわたしから決して離れなかった。

彼の、オフィスでも住居でもない、まったく生活感のない、それでいて無意味に豪華な部屋から通りに出た時、あたりは既に夜になっていた。少し歩いてタクシーを拾おうかと思ったが、ちょうどミュージカルが始まる時刻でアップタウンでは内外の観光客達が右手を大きく振り上げ指笛を鳴らして空車を奪い合っていて、その中に割り込んでいく気力はわたしには残っていなかった。

だが一刻も早くアップタウンを離れたかった。こういう気分の時にはアップタウンは必ずよそよそしく映る。考えてみればわたしはこの街に来てからほとんどアップタウンで時間を過ごしたことがない。

「あなたはどこに住んでるんだ？」

テープレコーダーを止めてわたしが帰り仕度を始めた時、ヤザキはコカインの長いラインをまるで今が一九八〇年代初頭であるかのように勢いよく吸い込み、鼻の穴の脇を白くしたまま、そう聞いてきた。ダウンタウンだ、とわたしは答えた。グラマシー・パークを知ってますか？　あそこの公園から五、六ブロック離れてますけど、大体あのあたりです。なぜかよくわからないんだが、とヤザキは再びコカインをテーブルの上にのせアメックスのプラチナカードで細かく砕きながら言った。

「オレはダウンタウンがあまり好きじゃないんだよ、バウアリーに八ケ月ばかり居たわけだけどそれでも別に好きなわけじゃないからな、オレの中にはまだダウンタウンがとても危険な街としてインプットされているのかも知れないな、一九七六年だったんだ、初めてニューヨークへ来たのは、ちょうどアメリカが建国二百年を祝っている年でオレは東欧とかによく行ってた頃だったから例えばブダペストやプラハと比べてニューヨークという街は何て汚いんだろうと思った、その、汚い、という判断はすべてダウンタウンで感じたものだ、オレはあまりうろつくのは好きじゃない、そこがどんなところでもうろつくのは好きじゃないんだ、パリだろうがワルシャワだろうが倉敷だろうが同じだよ、うろつくのは好きじゃないんだ、初めてのニューヨークでオレはウォルドルフに泊まったんだけどそれは遊び好きだったからよくダウンタウンに行ったよ、今はもう憶えていないけど妙な名前のロック・バンドが出演していたマックス・カンサスシティっていうクラブによく行ったな、何てことはないクラブだけどさ、要するにそのクラブが好きな女のことが好きだっただけだけどな、そのクラブがどこにあったのかまったく憶えていないな、下らないロック・バンドがいつもものすごい音量で演奏してたよ、一九七六年だからまだニューヨークはエイズ前夜で、しかもまだあの呪うべき健康ブームさえなかった、ムチャクチャで良い時代だった、もちろんもっと前の方が面白かったっていう奴もいる、それは六〇年代のことらしいんだが、きっとその頃もよかったんだろうと思うよ、裸の女に赤や紫のペンキを塗ってバックにインド音楽を流してインセンスを焚いたりしてた頃だけど、知らないから評価のしようがないじゃないか、マックス・カンサスシティでは毎晩どこがそんなに楽しいんだろうという大騒ぎが繰り返されていたよ、本当に単調なロックでひどい味のアメリカ・ビールとか安いバーボンと一緒にマリファナやスピードをやってると本当に頭が痛くなってきて、大体オレはからだは強いし忍耐力も人並みにはある方なんだよ、他の奴が必ず騒ぎだしちゃって、アンプにオシッコをひっかける奴もいたしケンカもしょっちゅうだったな、オレがダウンタウンを嫌いになったのはオシッコやケンカじゃない、殺人だった、それも二回も見ちゃったんだ、二度ともそのマックス・カンサスシティに居た時だった、拳銃の音が聞こえたんだよ、オレはロックファンの白人の二十四歳の女の子と一緒にばかでかいスピーカーのすぐ傍に居たんだけどそれでもはっきりと聞こえたな、あれは非常に乾いた音だからよく聞こえるんだと思う、パン、パンって、車の排気管が故障してるような音だったよ、何だろうってオレが言うと、サウスキャロライナの生まれの眉の濃いオッパイの大きなその女の子が、銃声に決まってるでしょ？　って言って、何かよくわからなかったけど二人で外に出たんだ、どうして恐いと思わなかったのかな、ラリってたからってだけじゃなかったと思うな、興味っていうか非常な好奇心があったんだよ、二度とも、明け方だった、記憶が一緒になってるような気もするし、実際本当はそれはたった一度だけの体験だったのかも知れない、とてもきれいなマジック・アワーの紫がかった濃いブルーの空だった、空は色がついてるけど地面はまだ暗いっていうような、建物のシルエットが少し明るくなっていくような時間帯のことを映画界じゃマジック・アワーっていうんだよ、まさにそういう時間帯だった、黒人が車道に倒れてたんだ、実を言うと死んだ人間を見るのは生まれてから、初めてだった、あ、葬式を別にしてね、葬式で花に埋もれてる人間は死体には違いないけど少しニュアンスが違うよな、何て言うか人形みたいだよ、つまり生まの死体を見たのはその時が初めてで、それも撃たれてすぐだったんだ、まだ手足が小刻みにけいれんしていて、まるで波が引いていくような感じでそれがゆっくりと収まっていって、やがてからだはまったく動かなくなり、それに合わせるように夜明けが進行して、オレ達の横で何かブツブツ言っていた老婆が胸で十字を切って『死んだ』と呟いたんだが、明るくなってピンク色に染まった空気の中でまだその死体の目は開かれていて、胸と腹のあたりで裂けた白いシャツからは血があとからあとから流れ続けていた、夜明けの路上では血は真黒に見えた、ショックだったな、生理的にイヤな感じがしなくて酒やマリファナでラリってたせいもあるんだろうが、きれいだと思ったよ、で、ダウンタウンではこういう殺人がしょっちゅう起こるんだろう、オレの死に顔を誰かがこういう風に眺めるのは耐えられないと思ったんだ、ずいぶん回りくどい言い方になったが、まあコークでラリってる男のロジックだから長くなるのはしようがないと思ってくれ、それがダウンタウンを好きになれない理由だよ」

わたしは五番街を少し歩き、六十丁目から地下鉄に乗って、ダウンタウンに戻ってきた。サブウェイの出口のすぐ向かいにあったエスプレッソ・バーに入り、マカデミア・ナッツのクッキーを一つと、カプチーノを頼んだ。舌を入れると火傷しそうに熱いカプチーノを一口すすり、頭の中からヤザキのことを追い出そうとするが、うまくいかない。かといって、今すぐアパートに戻りたくもなかった。わたしは友人達の名前と顔をゆっくりと次々に思い出し、分別のある彼らがヤザキについてどういうコメントをするか想像してみた。ミチコがその男に魅かれたのはわかるな、それには時間が、タイムラグが関係してると思う、何か、絶滅寸前の貴重な動物を見たって感じなんだよ、ドイツ系のユダヤ人でニューヨークのインディペンデント映画のラインプロデューサーをしているビルだったらそう言うと思う。ビルはわたしと同じ年の二十九歳、コンピュータの扱いと、映画のスケジュールメイクについては誰にも負けないと自他共に認めている上品な顔立ちの秀才だ。ベルリンやサンダンスでいくつか賞をとった作品のメイン・スタッフであり、CD－ROMのソフト開発では十万ドル単位でギャラを稼ぎ、十四丁目の小さなペントハウスに住んでスポーツカーの運転がうまく、麻薬も軽くたしなみ、ダーツとプールゲームが得意で、ジェームズ・ジョイスとアイリッシュ・ウィスキーを愛し、もちろんゲイではない。紳士で、ビルと会う時は楽しく刺激的な会話を楽しむことができる。ビルとは知り合ってすぐの頃に七回、セックスもした。オルガスムもあるセックスだったが、ある時からわたし達はセックスをしなくなった。何か事件や意見の食い違いがあったわけではない。一晩、一緒に寝てもセックスをしない夜があって、その次からは同じベッドに入ることがなくなり、やがてお互いの部屋に泊まることもなくなった。わたしには別のボーイフレンドもいて、ビルにも他にガールフレンドがいる。わたしもビルもティーンエージャーじゃないので、労力と快楽の関係が計量できてしまうし、恋愛がどのような生成過程をたどるかもよく知っていて、そこに尊敬が加わったりすると、今さらセックスだけにプライオリティを置くことができなくなるのだ。ビルにだったら何でも正直に話すことができる。ビルは、ダッハウの収容所から独力で脱走しスペインから船でアメリカに亡命してきた強い祖父を持つ、本当のインテリだ。その中年男にいったい実質的に何があるっていうんだい、ミチコ、というビルの声が聞こえてきそうだ。同じ日本人ってことも関係していると思うな、もちろんそれが悪いと言ってるわけじゃないよ、それどころか重要なことだ、祖父やオヤジが変なことを言ってたのを思い出すね、一時期ジューイッシュにしか欲望を感じなかったらしいんだ、それはアイデンティティの問題じゃなくて、オスがメスに何をどの程度成し得るかっていうシンプルなことだったらしいんだけどね、オスがメスにあるいはその逆でもいいんだけどできることっていうのは多分に言語を含む文化が関係しているものじゃないか、会話から料理を経て細やかなニュアンスのある愛撫に至るまでそうだろう？　結局ミチコのモティベーションをその中年男は刺激したわけだよ、そのリアリティあふれる、いや失礼、決して皮肉ではないことは理解してくれるよね、実際ボクとしてもそれほどリアルな生き方をしている日本人っていうのがイメージしにくいからこういう言い方になってしまうんだけど、リアルな人生の冒険を重ねているその日本人の男に対してミチコが何事かを成し得ると思ったのはごく自然なことだよ、それは愛の発芽だ、いや決して茶化してるわけじゃない、だけどもちろんボクは反対だ、反対の理由は決してシンプルじゃない、誰も他人のモティベーションには干渉できない、ただ意見を言うことはできる、それでボクの意見だがその中年男のことは忘れるべきだ、忘れられない存在ではないと思う、ミチコには何かが欠けていてそれを埋めてくれる形でその中年男のリアリティが存在するということじゃない、ミチコは何かに飢えていてそれを補充することができるのがその中年男だけだってことじゃないんだ、そのくらいのことはミチコ自身が一番よく知ってるはずだよ……わたし達は白ワインを飲みながらそういうことを話すだろう、わたしはビルを説得することなどできはしない、なぜならビルを説得してわたし自身が得られるものなど何もないからだ、わたしにはわかっている、ビルの声はわたしの声なのだ、わたしはわたし自身の冷静な判断と、健康な分別といったものに、そしてわたしのまわりのあらゆる事象にうんざりしているのだ、カプチーノが冷めてしまった、冷めてしまったカプチーノには味がない、茶色く濁った泥水のように見える、熱帯の細く曲がりくねった河の泥水、だがわたしのカプチーノには細菌もウイルスも巨大なナマズも鰐《わに》もいない、きょういずれにしてもわたしは自分のアパートに戻るだろう、とヤザキにインタビューしている間ずっとそう思っていた、ヤザキの顔が目の前にある時には言葉にならなかったが、わたしはわたし自身とその周囲の事象すべてにうんざりしていたのだ、ヤザキと会って彼の話を聞きそのことに決定的に気付いてしまった、わたし自身とわたしのまわりの事象というのは、この、目の前の冷めたカプチーノのようなものだ、イタリア系のアメリカ人が作ってくれたこのカプチーノは入念に伝統的に作られているが、もちろんローマやヴェニスのものとは違う、大したことじゃないとわかっているがそのことがわたしを苛立たせる、ビルはほとんど完璧な男性、だと思う、四ケ国語を話し、ローラースケートやフリスビーだってうまい、ビルのような男や女はわたしのまわりに大勢いる、ファッション・デザイナーやカメラマンやDJから、株のブローカーや有名な雑誌のエディターまで、彼や彼女達は疑いなく世界の先端の一画に位置し、麻薬で破滅することの具体的な意味も、離婚やポスト・トラウマティック・ストレス・ディスオーダーやレイシズムの苦しみも知り尽くしている、わたしはニューヨークと彼らを心から尊敬している、どんな街もどんな人間も完璧であるわけがない、ニューヨークもビルも世界中のどこと比べても絶対にひけをとらないレベルを持っている、わたしが日本人だということは恐らく関係がない、わたしは破滅へ向かいたいわけでもない、白ワインとアーティチョークサラダ、自然食のチーズとパンとジャムと果物、ジョギングとワークジムとローラースケートとプールとビリヤードとフリスビー、ロフトとスタジオとクラブとアンティック・アメリカン・ビークルとさまざまな種類の犬とピアスとタトゥとマリファナとセックス、フィルムとファッションとＤＪと公園と野菜ジュースとランドリーとペントハウス、彼らは浪費を控えることを学び、生きのびていくために老化を受け入れた、全員が疲れ果てている、寂しさのあまり背中を押してやるとすぐに涙ぐむくせに、その寂しさに包まれてまゆの殻を突き破ろうとは決してしない、わたしももちろんその中にいる、人種には関係のない共同体ができつつあるのだ、それになぜか激しく苛立っている自分に気付いた、ヤザキがわたしを揺さぶったのだ。

……メタファーなんかには何の力もないってジョージソンは言いたかったんだ、レイコへの嫉妬心で、内側から火で焼かれるようだと言った時ジョージソンはアステカの話をした、実際に焼かれるのと焼かれるようだと思うことの距離は無限だ、とエイズの末期患者はオレに教えてくれたんだよ、それがジョージソンから聞いた最後の話だった、考えてみれば当り前の話だがそんなことには普通誰も気付かない、自分と、アステカの時代の食肉用の捕虜をまともに比べる奴はいない、ジョージソンは比べてたんだ、エイズ末期の想像を絶する痛みの中で、想像力の限界について考え抜いていた、今度キューバへ行く時にメキシコに二、三泊してその頭蓋骨で作った塔ってやつを見てみようと思うんだ、センチメンタルな旅にしたくないし、ジョージソンに対してセンチメンタルになっているわけでもない、ただ、その白い塔を見ながら自分の想像力を試してみたいんだよ、たぶんオレはアステカの捕虜のことをイメージできないだろう、ジョージソンのように自分のフィジカルな痛みと対応させて世界と自分の輪郭をしっかりと摑《つか》むなんてことはできそうにない、第一そんな旅はオレには向いてないんだ、プールサイド、シャンペン、ビキニの女、港を見下ろすレストランのチョコレートムース、十グラムのコカイン、それがオレだってことはわかってるよ、生き方なんか変えられっこない、だがあるデッド・エンドがレイコによって示されたんだとオレは思う、レイコは、ある終わりを象徴していた、それが具体的にどういう終わりなのかまだオレ自身、きちんとした言葉を持っていない、肉体の限界なのかも知れない、ある程度のラインを越えると肉体は快楽に耐えられなくなる、もちろんこんなことを考えているのはオレだけだ、レイコは何食わぬ顔で何事もなかったように女優を続けている、それが女だしそれが女優だからそれでいい、それにオレはもう一度どこかへ向けて出発したいなんて思っているわけじゃない、出発なんて言葉は嫌いだし正確じゃない、逆だな、すごくキザに言うと、途上にあると実感したいんだ、キューバの前はブラジルにも凝っててカーニバルにも行った、リオのカーニバルが観光化してしまってどうにもならないっていう奴も大勢いるけどそんなことは別にどうだっていいんだよ、観光っていうのは重要な概念で言語がない時にはその概念しか通用しない、カーニバルのサンバの行進の本質は通過にあるんだ、どこからどこへということは問題じゃない、ある地点を通過するというのがカーニバルの本質でオレはその本質が好きなんだ、オレがどこをどうやって通過しようとしたのかそれをレイコとの一件は示しているはずで、それを言葉にできれば、オレは今のこのゆううつを受け入れて、また自由になれるんじゃないかと思うんだ。

ヤザキはそう言って、じっとわたしを見たのだった。例によって、ぞっとする目だった。見つめられて、ヤザキに初めて会ってすぐに感じたことがよみがえってきた。この男の全情熱がドライブするのを目のあたりにしたい……テープレコーダーを片付けながら、「そのメキシコとキューバの旅に同行させて貰えないでしょうか」とわたしが言った時、ヤザキはまったく表情を変えなかった。どうしてだ？　何でそんなことを言いだすんだ？　とも言わなかった。もちろん、それが当然だ、女ならみんなそうしたがるんだから、という顔でもなかった。まるでそれがうんと前から決まっていたことだというように、二度うなずいて、言った。

「カンクン行きのメヒカーナのフライトは朝早いよ」

わたしは、自分の部屋の電話番号をヤザキに渡すと逃げるようにして外に出た。

今、自分の気持ちを象徴するかのように、冷えきったカプチーノがカップの中で小刻みに揺れている。

わたしは五番街とブロードウェーが交差するあたりにあるオフィスに毎日顔を出す。そのオフィスは十人のスタッフで日本の雑誌社やＦＭステーション、テレビの制作会社などに情報や記事を送るのを主な仕事にしている。スタッフの中で日本人はわたしを含めて二人しかいない。オフィスのボスはコロラドの大学で日本文学を学んだミッチェルというアメリカ人だ。ミッチはこの仕事を彼がまだ二十代前半の時に一人で始めた。オフ・ブロードウェーの新作や、ニューヨーク・インディペンデントの映画、その他クラブ・シーンやレストラン、スポーツ、風俗などの雑多な情報を日本の雑誌に売ることから始めて、さまざまな業務を開始し、若いアメリカ人ツーリストのための東京ガイドブックがヒットしたりして、少しずつスタッフを増やしてきた。日本のメジャーな代理店にもコネクションがあって、ニューヨーク近辺のＣＦのロケのプロダクション・コーディネイトもするし、日本の雑誌社の取材チームにスチール・カメラマンを紹介したり、アメリカの雑誌や新聞に日本の情報を提供したりする。

ヤザキへのインタビューもこのオフィスを通して引き受けた仕事だった。

朝の九時から夕方までこのオフィスにいることがわたしの生活の基本となっている。

わたしは七時には起きる。グラマシー・パークの回りを軽く走ることもある。低血圧気味なので友人の医者に運動を勧められ始めた習慣だが、毎日走らないとあまり効果は期待できないらしい。ジョギングをする日もしない日も熱いシャワーを必ず浴びて、アパートのすぐ隣のデリでビニールボトルに入った南フロリダ直送のグレープフルーツジュースを買って飲み、店のオーナーのインド人と少し原発や森林破壊に関する話をして、そのまま歩いてオフィスまで行く。疲れがひどい時や雨や雪の時はバスやタクシーを使うこともあるが、たいていの場合は歩く。マンハッタンで働く人々の大半がきっと同じことを感じているはずだが、自分が必要とされている場所、サラリーを得ている場所に向かってこの街の舗道を急ぎ足で歩くのは気持ちのいいものだ。わたしは他の街で働いたことがないから確かなことはわからないが、東京やロンドンやパリはこことはたぶん違うと思う。それはこの街独特の心地良い狭さと、子供じみた性急さと、多様な人種に関係している。オフィスまではゆっくり歩くと二十分はかかる。みんなこうやってオフィスにやってくるので着くと必ずコーヒーを飲む。カフェインを嫌うスタッフのためにデカフェとそれに紅茶も用意されている。冷蔵庫にはミネラル・ウォーターや炭酸飲料や果物、それに仕事が終わってからのローリング・ロックやサミュエル・アダムスも入っている。元は建築設計会社だったフロアを改修したオフィスは壁と床が明るい灰色とオレンジ色にきれいに塗られているが、文字や映像情報を扱う会社の常として恐ろしく雑然としている。ちょうど摩天楼の模型のように堆《うずたか》く積まれている本や雑誌や書類や写真や各種資料の隙間《すきま》で、みんなマックのパワーブックのキーを叩いている、そんな感じだ。

昼にみんなとデリバリーのおすしやラザニアやターキーサンドイッチを食べ、日本に送る小さな記事を書いたり、日本の新聞や雑誌を英訳したり、新しい仕事の企画書を作ったりして一日を終える。夜は一人でスパゲティをゆでることもあれば、スタッフやボーイフレンドとレストランに行くこともある。

わたしはそういう風に以前とまったく同じリズムで生活している、と思っていた。ヤザキへのインタビューもテープからワープロで起こして英語と日本語の両方でタイプした。その作業には十日ほどかかったが、他の仕事と並行してやらなければならなかったのでそれほど手間どったとは思わないし、何度か読み直したが客観的なインタビューになっていると思った。ヤザキとジョージソンとの関係をメインにして、レイコやケイコという女性についてのヤザキの発言は分量をかなり減らし、彼の個性を引き出すエピソードとして紹介するだけにとどめた。

昼食を付き合ってくれとミッチに言われたのはヤザキのインタビューを彼に提出して一週間経った小雨の日だった。ミッチは二歳年が上なだけだが、英語は当然のこと、日本語についてもわたしより読み込む能力は高い。自らの意志でバウアリーのホームレスになった男に関する、客観的で、通俗的な興味も引くレポートにしたつもりだったのだが、ミッチは満足しなかったのかも知れない、そう思って、細かい雨の降る中を二人で小走りにワンブロック先のジャマイカ・レストランまで行った。いや、あのインタビューは非常によくできてたよ、仔羊のカレーを食べジンジャービールを飲みながら、ミッチはそう言った。ミッチは完璧な日本語を話すがジャマイカ・レストランでは英語を使った。世間話ではないのだな、と思った。断定が曖昧な日本語はシリアスな話には向かない。ヤザキとの間に何があったのか？　ミッチは穏やかな目でそう聞いた。最近の君は何か変だ、もちろん仕事はきちんとやってる、同僚との応対も普通だ、時折涙ぐみながら放心状態で窓の外を眺めているわけでもないし、瞳孔を拡張させて誰かにグラスを投げつけるわけでもないし、頭の上にろうそくを立てて裸でヴードゥーのダンスを踊ってるわけでもないし、ハドソン湾の潮の満干に応じてふいにニンフォマニアになったわけでもなさそうだ、まあ、最後の、ニンフォマニアってやつはある程度はボクは歓迎するかも知れないけどね。ミッチはユーモアとメタファーで柔らかくわたしに話しかける。イタリアとロシアの血が混じったこの男は煮込まれた仔羊の肉をとても上手に食べジェスチャーを加えて話を続ける。食べながら話すのがとてもうまい。一日三回の食事の機会のほとんどをビジネスの場としてきた男に特有の技術だ。食べている間にも絶対に相手を退屈させせない。ラテンとロシアの血。長い間彼ら移民の子孫達を観察するうちにわかったことがある。彼らの話術のテクニックは訓練されたものなのだ。身分や階層や人種にかかわらず、移民達はひどい寂しさに耐えそれを乗り越えてきたのだということがよくわかる。そのために話術はなくてはならないものだったはずだ。わたしの気持ちを考え、決して不快にさせないように万全の注意を払って、常に微笑みを忘れずに、ソフトに、話す。日本人だったら神経をすり減らす重労働だろうが、彼らは訓練を重ねてきているのでそれが習慣になっている。でもね、ミチコ、あまりシリアスにならずに聞いて欲しいんだが、やはり君はどこかおかしい、自分のどこかが変であることを隠そうとしている、我々にじゃないよ、君は自分に隠そうとしているように見える、君はありとあらゆるエネルギーを何かを隠すために使っているんだ、そしてそれはヤザキへのインタビューの翌日から始まった。わたしはロシア人の父親とイタリア人の母親、それにたくさんの子供達がテーブルを囲むコロラド州の夕食の風景を思い描くことができる。春の陽差しが消えて外では闇の中に新しい氷が張っていく音が聞こえるそういう夜、子供達全員が満足できる充分な量の肉はテーブルの上にも皿の中にもないつつましやかな食卓、父親は安もののスミノフのウォトカを少しずつなめるように飲みながらきょう勤め先で起こった小さな事件について語る、その話は九割がた腹を抱えて笑い転げるほど面白いもので、最後の一割が重要な教訓になっている。人間に自信を与えるのは家柄や人種の優劣ではなく教養であり、教養の重要なものに語学力というものが含まれる、そんな話だ。あなたの言ってることがよくわからない、わたしのどこが変なの、とミッチに聞いた。今の自分が他人にはどう映っているのだろうという興味があったし、ミッチほど観察力の鋭い人はあまりいない。ボクは五日目に気付いたんだが君は毎朝八時五十九分ぴったりにオフィスに現れるんだ、この二十日間ほどそのアベレージ・エラーは前後二十秒もない、そして君はまず左隣から始まって窓際のデスクにいる同僚達に左から順に、ハイ、と挨拶をしていく、十一時五十分を過ぎたあたりで君は、さあて、きょうは何を食べようかな、と日本語で独り言を言うんだ、毎日だよ、ハミングする時としない時があるが必ずその独り言は言うんだ、もっとあるが君の神経症的な行動例を挙げるためにボクはここにいるわけじゃない。ミッチはそういう話をしながら仔羊のカレーを食べ終わった。皿の上にはクレソンの葉っぱと、どこかの海図のように見える焦茶色のソースだけが残っている。ヤザキと一緒にメキシコに行くことにした、と告白したらミッチは何と言うだろう、ミッチは何かを告白させたがっているのだ。ミチコは大人だし自分で責任とリスクを負って行動できる人だ、そのことはよく知っている、仕事と私生活は別のものだし仕事上でミスを犯したわけでもないからボクがとやかく言うことじゃないのかも知れない、全面的に君を信頼している、答えたくなかったら答える必要はない、だが君は明らかに普通じゃないし、それはヤザキに恋をしているというようなものではないはずだ、君が作ったインタビュー構成のヤザキのレポートはほとんど完璧だ、日本人論としても出色だし、経済的絶頂を踏み越えた人格の転落という図式でも、アメリカの恥部にある種の宗教的な救済を求めた日本人という図式でも読ませることができて、しかも日本人にもアメリカ人にも興味を持たせる内容になっている、彼はユニークだ、ボクは日本人の複雑なメンタリティを一般的なアメリカ人よりは多少知っているつもりだ、あらゆる日本人のメンタリティは彼の属するグループ・会社・組織とのかかわり合いの中で形造られる、ソニーの会長からカルト宗教の構成員、それにアーティストやヤクザや赤軍派に至るまでそれは共通してるんだ、ヤザキはそれらとはどこか根本的なところで違っている、ユニークだよ、話はあちこちに飛ぶが驚くべき論理性がある、君が魅惑されても何の不思議もない、それで君が彼のことを考えるあまり、大切な仕事上の約束を忘れるとか、ミスをしてしまうとか、親しい誰かについ告白してしまうとかそういうことなら実は何の問題もないんだ、それは自然なことだ、ヤザキという男がユニークなだけじゃなくモラリティの面で危険な面も持っているということを別にすれば、それは自然で何の問題もないんだ、今の君を見ていると、ベトナム帰還兵のＰＴＳＤの発症例がたくさん浮かんでくる、いいかい、戦場でひどい心的外傷を負ったベトナム帰還兵はトラウマによる神経症を恐れるあまり、さまざまなことを隠そうとする、自分にだ、自分にそれを隠し、トラウマを仕舞い込もうとするんだ、だがそれは不可能だ、たいていの場合トラウマは本人の人格より強く大きい、制御できないからそれはトラウマと呼ばれるわけだからね、いつしかそれは自分という外枠を食い破って外に姿を現わす、それがどういう瞬間かわかるかね？　自己という壁が崩れ落ちる瞬間なんだ、ベトナム帰還兵と比べるのは異常なことだよ、だがそれだけ君が異常だということだ、失礼だとは思うがボクの推測を言わせて欲しいんだ、君は、その、ヤザキにある種のセクシュアルな暴力を受けたんじゃないかと思う、それにもかかわらず君は彼に魅かれてしまったんじゃないか、というのがボクの得た推測だ、いや、すまない、本当に失礼なことを言ってしまった、だがボクが心から心配しているということはわかって欲しいんだ、答えたくないなら何も答えなくていいんだ。

何も答えたくない、とわたしは言った。ミッチとわたしはブルー・マウンテンを飲みながら、その後、一言も口をきかなかった。

レイプされたのではないかとミッチは推測したのだった。すばらしい推測だとわたしは思った。

レイプ。

わたしは自分の異常に気付いていた。ミッチが指摘してくれたような異常さではない。毎朝八時五十九分きっかりにオフィスに登場していたことは知らなかった。わたしが異常だと思ったのは、例えばミッチを見る時の自分の意識の変化だ。ミッチの話題、口調、抑揚、彼の食事のしかた、うなずき方、ジェスチャー、パワーブックのキーを叩く時の指の動かし方、それらはニューヨークでとりあえずの成功をおさめた三十代の男の一つの典型だ。そして、それはひどく寒々しい。それを洗練という人もいるだろう。寒々しさと洗練、それは一つのものの二つの側面なのだろう。わたしはこれまで片方しか見ていなかった。それが、急に寒々しさだけに注意がいくようになった。どう考えてもそれは異常なことだ。ヤザキにいったい何があるというのだろう。彼に何かがあったわけじゃない、セラピストのライセンスを持っているミッチならそう言うに決まっている。君がもともと持っていたもの、もともと君の中にあったコードが発現した、ヤザキは単に遺伝子が発現するのに必要な酵素のような役割を演じただけなんだよ。なぜヤザキと会った後にミッチェルやビルのような優秀なアメリカの男達の話し方や仕草に寒々しさを覚えるようになったのか？ヤザキがセントラル・パーク・サウスにおしゃれな秘密の部屋を持っていたからか？　まるでリップクリームを塗るようにコカインを吸い、まるでミネラル・ウォーターを飲むようにシャトー・ムートンを飲んだからなのか？　いいかい、こういう風にワインを飲むと罰が下るんだよ、コークで口全体が麻痺しているのに味なんかわかりゃしないくせに、フランスの立派な農民が誇りを持って作ったこういうワインを飲むといつか必ず罰が下る、ケイコやレイコとシャトー・ムートンやクリュッグやモンラッシェのグラン・クリュやシャトー・ディケムを何百本飲んだか見当がつかないよ、それもエックスやコークを致死量寸前までやりながらだからな、レイコがオレの元を去っていってからシャトー・ムートンのラベルを見ると胸が切り裂かれるようだった、今オレは罰を受けてるんだなってわかったよ、でもいいんだ、今オレが言ったような酒はうまいんだ、ひどい二日酔いの時だろうが純度九十五パーセントのコークで粘膜がただれた時だろうが本当にうまいんだよ、何が自分にとってもっとも価値があるかよくわかった、考えてくれ、ああ、あなたは女だからわからないかも知れないな、オレはあなたにこうやって甘えているし、甘えているということもよくわかっている、その上で言うんだ、目の前に二人の女がいる、二人とも、社会的にも実存的にもオレのものだ、二人ともきれいで頭がいい、目の前のテーブルには卵と水に溶いたらお好み焼きができるほどの白い粉と、一袋百五十円の鳩の餌に見えるくらいの量のエクスタシーがあって、そしてその横にはシャガールの絵をラベルに使った七〇年もののシャトー・ムートンがあるわけだ、シャワーを浴びて来いよと片方に言うとクスリで全部の細胞がドロドロになっている女は、あたしがシャワーを浴びてる時に残った二人は何をするのだろうという嫉妬と恥ずかしさで足の小指の先まで赤くなりながら立ち上がりバスルームの方に消えるんだ、別にオレは残った方と何かをするわけじゃない、それまで部屋に流していた音楽を止めると女が服を脱ぐ音とそれに続いてシャワーの音が聞こえてくる、シャワーの音に意味が混じり合っているのがわかる、もっとワインが飲みたいと残った女が言ってオレは新しいシャトー・ムートンのボトルを手にとって灰色のきれいな埃《ほこり》を払ってスイスナイフでコルクカバーを切り、ワインオープナーの先端をコルクに埋め込んでいく、コルクを抜くと例の香りが部屋に漂い、例の色をした液体が洋梨型の極薄のグラスの腹をすべり落ちていくんだ、こういう瞬間に比べたらオルガスムなんて犬の何とかみたいなもんだよ。わたしはヤザキからの電話を待っていた。留守電のテープを、部屋に戻って聞く時には、腋の下から汗がにじみ出るのがわかった。ヤザキの何が、わたしを飢えさせているのかいくら考えてもわからなかった。ただ一つ確かなのは、ヤザキが寒々しくないということだった。ぞっとするような寂しさを抱えているくせに、ヤザキには寒々しさの欠片《かけら》もなかった。ビルや他の男友達と一緒に食事をするのがしだいにいやになっていたが、わたしはそれでもきちんと仕事をこなし、八時五十九分に出社して、普段と同じように過ごしていた。

ミッチとジャマイカ・レストランに行ってから一ケ月が経った頃、ヤザキの声がテープから流れてきた。

……ヤザキという者です、四日後の水曜日、ＪＦＫのメヒカーナ、プレミア・クラスのカウンターにいます、もしよかったら来て下さい、ボクの方の予定は二週間ほどですが、少し延びるかも知れません……

翌日、オフィスに行くとすぐにミッチに休暇願いを出した。少し休んだ方がいい、とミッチはわたしにアドヴァイスし続けていた手前、それを却下するわけにはいかなかった。ＯＫ、とうなずいた後に、今みたいなミチコの顔を見るのは初めてだね、と笑わずに少し悲しそうな表情で言った。ミッチにはわたしの背後にヤザキの影があることがわかっていたのだろう。

二日間かけて旅の仕度をした。困ったのが水着と下着だった。カンクンを起点にするわけだから当然水着は持っていくべきだろう。いつも着ている競泳用のやつをバッグに放り込めばそれでいいじゃないか、別に気取ったってしょうがない、下着にしたって同じことだ、ヤザキが一つの部屋に一緒に寝るつもりだとは限らないし、その場合にはきちんと拒むべきだ、下着もごく普通のものを持っていけばいい、そういうことはすべてわかっていたが、わたしはケイコやレイコというヤザキの過去の女達と自分をどこかで比べているのに気付いた。二人はミストレスであり、ダンサーで、女優だ、彼女達と同じことをするわけではない、ということもいやになるくらいわかっていた。下着を、黒を中心にしたり、白のおとなしいものにしたり、バッグから出したりまた詰めたりしているうちに、何度か旅行を止めようかと迷った。わたしは自分自身に聞いた。それほどシリアスに自分に質問するのはひょっとしたら生まれて初めてかも知れなかった。

ヤザキと旅をしたいか？

イエス。

ヤザキとセックスをしたいか？

イエス。

セックスだけが目的なのか？

ノー。

目的のファースト・プライオリティは？

ゆううつ、という自分の声が聞こえた。圧倒的で、すべてを被い尽くすゆううつ。わたしはヤザキのゆううつを愛しく思ったのだった。結局水着は競泳用のスピードのものを、下着はごく普通のカルバン・クラインをバッグに詰めることにした。


当日の朝、タクシーでグランド・セントラルへ行きシャトル・バスに乗るつもりで最後の荷物の点検をしていた時、リムジンの運転手から電話があった。ヤザキが手配したものらしい。布製で小さ目のボストンを下げ、柔らかい皮革のナップザックを持って通りに出ると、シルバー・メタリックのロング・ストレッチ・リムジンがわたしのために停まっていた。ショーファーは赤い蝶タイを結んだイタリア系の小男だった。彼が微笑みながらドアを開けてくれてリモに乗り込む時、灰色の長大なペニスの内部に入り込んでいくような感じがした。

「アステカの遺跡に行く前に、カンクンで少しゆっくりしたいんだ、この季節ユカタン半島は殺人的な暑さだからな、暑さに慣れるのは設備の整ったリゾートの方がいいと思うんだ」

ヤザキはインタビューの時より髪を短くしていて涼しそうなモスグリーンのパンツ、紺色のポロに黒っぽい夏用のジャケットを合わせ、レイバンのサングラスをして、濃い茶色の柔らかそうな革の靴を履き、手にはゼロ・ハリバートンのゴールドのアタッシェを下げていた。会ってすぐにわたしはリムジンの御礼を言った。そんなことは別にいいんだ、ヤザキはまるで子供のように照れて、わたしをチェックイン・カウンター脇のソファに坐らせ、少し待っててくれ、と言って異様に愛想のいい混血の女性の係員とスペイン語で話し始めた。カウンターにもたれてチケットを差し出し、スペイン語で、喫煙席にしてくれ、と言い、荷物をチェックインして、ポーターにチップを払い、係員からバゲッジ・タグを受け取る、若い頃からそういう手続きを何百回と繰り返してきた者にしかない鮮やかさがあった。

ロビーは人であふれている。エコノミー・クラスのカウンターには長いラインができている。並んでいるのはそれほど裕福ではないアメリカ人のツーリストと、帰郷するメキシコ人達だ。カンクン便とメキシコ・シティ便があるが、三ケ所のエコノミーのカウンターは、行先によって区別されていない。メキシコ人達はものすごい量の荷物を持っている。トランクやバッグではなく段ボール箱などにパックしているので、それがカートから落ちたり解けて中身がこぼれたりしてラインはなかなか縮まらない。予約なしで列に並んでしまい、カウンターの係員と怒鳴り合った末に発券カウンターに行けと追いやられるメキシコ人も多い。苛立つアメリカ人ツーリストがカンクン行きの専用カウンターを用意すればいいじゃないかというクレームをつけているが、受け入れられる気配はない。メキシコ人の幼児の泣き声が響き、スペイン語のざわめきが耳鳴りのように鳴り続けている。

メヒカーナのファースト・クラス・ラウンジでヤザキはブラディマリーを飲んだ。わたしはコーヒー。ラウンジは広々としていて、客は数えるほどしかいない。六人いる客はみなスーツを着たビジネスマンで、電話をかけたり、ブック型コンピュータのキーを叩いたりしている。メキシコの入国カードに記入しながら、こういう旅は初めてなんです、とヤザキに言った。

「こういう旅って？」

ファースト・クラス・ラウンジで静かにボーディングを待つような旅は今までしたことがないってことです、

「ファーストっていってもジャンボ機じゃないからね、シートは狭いよ」

ヤザキはブラディマリーのタンブラーに大量のブラック・ペパーをふりかける。入国カードの記入が終わり、税関への申請書を示しながら、メキシコの税関はふざけてるんだ、と言った。

「この申請書にも絵が描いてあるが、緑と赤のシグナルが税関のカウンターの前にあって、そのシグナルのすぐ下に小さな押しボタンが付いてる、入国者はそのボタンを押すわけだよ、すると緑か赤かどちらかのシグナル・ランプが点く、緑だとフリー・パスで、赤だとかなりていねいに荷物を検査される、そのシグナルっていうのがけっこうでかいんだ」

ヤザキはそう言って自分の手のひらを示した。

「このくらいでかい丸いランプで、緑色の方にはPASSって書いてある、五対一くらいで緑のランプが点くことが多い、メキシコ人の帰国者は別のラインがあるけど、もちろん赤のランプが点く頻度が高い、ふざけたシステムだよ、いきあたりばったりなわけだからさ」

ラテンって感じがしますね、とわたしは笑った。それでちょっとした頼みがあるんだ、と笑わずにヤザキが言った。

「ツーリストのラインでは、二度続けて赤いランプが点くことはまずない、それで、税関の前で、オレ達は同じラインに並んで、前後してボタンを押すようにする、もしオレに赤いランプが点いたら、ジュラルミンの小型トランクは君の荷物だってことにして欲しいんだ、あれにはあまり調べられたくないものが入ってる」

OK、とわたしは言った。麻薬だろうと思った。ほんの一瞬、この男はカップルでの旅行の方がその種の犯罪が発覚しにくいという理由だけでわたしの同伴を認めたのではないかとヤザキを疑った。だが、すぐに、それならそれでいいではないか、と思い直した。

旅行にはいつもコークを持って行くんですか？　軽い冗談のつもりでそう聞くと、ヤザキの顔色が変わった。わたしはヤザキが怒り出すのではないかと思った。怒りを呑み込んでから静かにヤザキは喋りだした。

「ジョークだろうが、そんなことを言ってはだめだ、なんて臆病な男だろうと思ってもいいからオレの言うことを聞いてくれ、いいかい？」

わたしはうなずいた。ヤザキは残りのブラディマリーを全部飲み干し、ラウンジ内の制服の女性に、お代わりを頼んだ。

「オレは不幸な事態ってやつがどうやって発生するか他の奴らよりよく知ってるんだ、二十代の初めの頃から第三世界や旧東側の国を旅してきたからね、あなたがバカじゃないことはよく知ってるよ、さまざまなことに偏見がないこともわかる、だけど、南の国では不幸な事態ってやつは突然発生して、あっという間に自由や命を奪われるんだ、今、コークと言ったね、例えばこのラウンジの中にＤＥＡのオフィサーがいないとは限らないんだ、麻薬捜査官はそれこそ信じられないくらい敏感であらゆる国の麻薬に関するボキャブラリーに精通している、あるいはあのメキシコ人のサービス係の女がその種の通報者ではないという確証はないんだ、あのムラータの女が日本語を理解できる、という可能性はゼロだ、だが南の国では通報者は大事にされる、タレコミ屋だよ、あの女にはインディオの血も入っている、弟がいて、そいつがインディオの反政府グループの構成員で現在逮捕されていて、毎日拷問を受けて銃殺刑の判決を受けているかも知れない、何らかのタレコミを一定の間隔で行なえば弟の刑の執行を延期すると脅されている女かも知れないんだ、そういう奴はムチャクチャなタレコミをやる、メヒカーナ三三九便の3のDのボーディング・パスを持っている東洋人は、ラウンジでテロについての密談を行なっていた、そういう風に一本電話を入れるだけで、思ってもみない事態が起きるんだ、オレの言ってることがわかるかな？」

わかります、そう答えると、だめだ、と呟いてヤザキは首を振った。

「あなたはわかってない、わかりますというのは嘘だ、わかるわけがない、あなたの情報処理はアメリカ合衆国の価値観に基づいて行なわれている、その原理は、フェア、ということだ、すべての人には平等の機会があるという前提が染みついてしまっているんだ、それを捨ててくれ、いいかい、完全に捨てて欲しいんだ」

わたしは、今からでも帰った方がいいんじゃないでしょうか、わたしはそう言った。ヤザキに対して腹が立った。

「あなたが帰りたいと思うんなら、そうすればいい、オレは、そうして欲しくないけどね、言っておくがオレはあなたが想像しているようなものをメキシコに持ち込もうとしているわけじゃない、だが、何をあのジュラルミンのトランクに入れているかは言わない、知ってしまうと不測の事態になった時に訊問されて隠すのがより難しくなる、あなたはフェアではない官憲にひどい目に遭ったことがあるかい？」

わたしは首を振った。

「オレはあるよ、何度もある、マフィアが吸収すべき人間が法律の側に立つ国ではありとあらゆることが起こる、そしてそれは起こってしまったらその時点で既に終わりなんだ、サバンナでライオンに襲われて、内臓を食い破られる寸前に、わたしは自然保護のために多額の寄付をしてるんです、とライオンに叫ぶのと同じだ」

ヤザキは立ち上がり、向かいのソファからわたしのすぐ横に移ってきた。そして、帰ったりしないでくれ、と言った。わたしは帰る気などなかった。


「カミーノ・レアル」

タクシーに乗り込むと、ヤザキはそう行先を告げた。

三時間のフライトの後、税関のシグナルは二人とも緑で、空港のビルを一歩出ると、陽差しが襲いかかってくるような感じがした。湿度を突き破って、光が全身に絡まり、めまいがした。わたしはワンピースの上に羽織っていたベージュのジャケットを脱いだ。色が白いんだね、ノースリーブの腕を見て、ポーターに荷物を運ばせながらヤザキが言った。

ホテルまでどのくらいあるんですか、喉が渇いてしまって、わたしがそう言うと、ヤザキはポーターに金をやって、ビールを買いに行かせた。Xの文字が二つ横に並んだメキシコのビール、あまり冷えていなかったがわたしは一気に飲んだ。

タクシーで十分も走ると、海が見えた。その海の色と、空と入江と砂浜と島と波と椰子と水面が作るコンポジションを見てわたしは息を呑んだ。移動する車から見ると、手前の風景は速く、彼方の景色は遅く流れ去る。それは、車から眺める者のために微妙な輪郭を形造って配置された完璧なミニチュアのセットのようだった。すごい、と思わず呟いてヤザキの方を見ると、彼はわたしのために何も言わずうなずいてくれた。風景全体が細やかな粒子となって、からだの中に入ってきたような感じだった。大好きな男をからだの中に奥深く初めて迎え入れた時の感じにそっくりだった。

海岸線と平行にしばらく走ると、横一列に建ち並ぶアメリカ資本のホテル群が見えてきた。カンクン・リゾートはマイアミ・ビーチと同じ細長い中州がその中心地になっている。したがってホテル群は道路の両側に並んでいることになる。ホリデイ・イン、ラマダ・インのようなホテルから、ヒルトン、ドラール、ハイアットまでほとんどすべてのチェーン・ホテルが集まっている。中にはアステカのピラミッドを模したデザインのものもある。当然のことだが、カミーノ・レアルはその中でもっともエレガントなホテルだった。

冷《ひ》んやりしたフロント・ロビーでヤザキは言った。

「ツー・ベッドルームのスイートにしたんだが、もしまったく違う部屋がよかったら、そうするよ」

わたしは下を向いて考えるふりをした。別に異存はなかったがすぐに嬉々としてうなずくのもつつしみが足りないような気がしたからだ。ヤザキはそんなわたしに、でもね、といたずらっぽく言った。

「そのスイートには海に面したかなり広いテラスがあって、隅にジャグジーがあるよ」


部屋に入る前に、昼食をとることになった。大きなマングローブの木があるパティオのレストランである。テーブルクロスの上でマングローブの枝葉の影がゆっくりと揺れ、甘くスパイシーなサルサと熱帯の果肉の匂いが漂い、海老やカニや魚をのせたトレイを抱えたウエイターが往き来し、遠くに見える海面を白い鳥の群れが旋回している。わたしは、ビルやミッチに感じた寒々しさを思い出してしまった。彼らの表情や動作の中に寒々しさを覚えたのはごく自然なことだったのだ、と思った。はっきりとした根拠のあることだったのだ。このレストランと、目の前で少し疲れた顔でメニューを見ている男が、その根拠である。

まかせて貰えるかな、とヤザキが言って、わたしは自分でもイヤになるくらいの大仰な微笑みを浮かべうなずいた。ヤザキは、ロブスターのビスクと、カクタス・サラダと、テナガエビのグリル、チリ産の白ワインをオーダーした。

チリの白ワインは、カリフォルニアともブルゴーニュともトスカーナとも違って、野性的な味だった。わたしは黙ったままワインを飲み、パティオの中央にある小さなネプチューン像の噴水と極彩色のインコが入っているいくつかの鳥カゴをかわるがわる眺めていた。少し首をひねると、とても液体とは思えない海を見ることもできた。何も話す必要がないくらいまわりは美しく、わたしは言葉を捜すのを忘れていた。それを退屈していると勘違いしたのだろうか、インタビューの続きはやらなくてもいいのかい？とヤザキが真面目に聞いてきた。

「こういうシチュエーションならオレは別のことを喋るよ」

テープレコーダーは持って来てません、とわたしが言うと、ヤザキはサングラスを外して笑った。

「オレがあなたのインタビューをＯＫした理由だけど、憶えてるかい？」

傷が癒えたことを確認したかったことですか？

「うん、ぞっとするくらい恥ずかしい台詞だったな、傷から自由になるとか、言い回しはいろいろあるけど全部恥ずかしいよ、よくあんなことが言えたな」

別に恥ずかしいことだとは思いませんけど、

「このホテルにもいろいろ感傷の材料があるんだよ、それでこんなこと言ったからってよけいなプレッシャーを感じないで欲しいんだけど、オレ一人で来る予定だったよね、その場合は別のホテルに泊まるつもりだったんだ、で、あなたが一緒に来てくれるかも知れないと思ってから、感傷を避けるなんてバカバカしいことだと、わかった、当り前のことなんだけどね」

何度もここに泊まったんですか？　わたしはそう聞いたが、ケイコやレイコという女性達のことを進んで聞く勇気が自分にあるかどうか、自信が持てなかった。

「ここが目的で来たわけじゃないけどね、キューバに入る時に、ニューヨークからだと、ここの方が便利なんだ、昔はそのことに気付かなくてメキシコ・シティまで飛んでたんだがボクはあそこが好きじゃないんだ、メキシコって国そのものもあまり好きじゃないけどね」

なぜ？

料理が運ばれてきた。ウエイター達はみな陽気で、そして小柄だ。すべてのウエイターがインディオだった。

「なぜって、それは、メキシコ・シティが嫌いな理由かい？　それともメキシコって国そのものが嫌いな理由かい？」

理由は違うんですか？

「うん、違う、メキシコ・シティは標高二二〇〇メートルのところにあって、空気が薄いんだ、空気が薄いのはちょっと我慢できない、オレの心臓は麻薬のせいで状態がよくないからな」

麻薬なんて言葉を使って大丈夫なんですか？　ＪＦＫでわたしにおっしゃったことは？

「ここはいいんだ」

でも言葉に気を付けるようにとおっしゃったじゃありませんか、

「まあ、そう口を尖《と》んがらせないで、テナガエビでも食べなよ、熱いうちに食った方がうまいぜ、もちろん君の言う通りだよ、どこだろうが気を付けるに越したことはない、でも、ここと、あの空港内のラウンジは違う、本当なんだ、空港ってところは閉ざされてる、特に国際線はそうだ、事実、犯罪が交錯する場所だし、公的機関がもっとも力を発揮できるところでもあるんだ、そうだろう？　テロリストを捕えるのにもっとも適した場所は空港だろう？　ここはそれに比べたら解放されてる、オレ達は一泊八百八十ドルのスイートの客で、誰にとっても危険じゃない、そういう安全性を確保するためにオレは八百八十ドルも払ってるんだ、それより何の話だったっけ？」

メキシコ、そう言ってから、わたしは白ワインをまるで水を飲むように飲んでしまった。湿気の多い場所にワインは合わない、と以前誰かに言われたような気がする。ここの湿度は木陰にただ坐っていても汗が噴き出てくるほどすごいものだが、わたしはワインをとてもおいしく感じる。ひょっとしたら、と考えた。ひょっとしたら、欲情してしまっているのかも知れない。

「うん、そうだった、メキシコ・シティがいやなのは空気が薄いからで、メキシコそのものがいやなのはインディオばかりが目立つからなんだ」

インディオ？　わたしは思わずまわりのウエイター達を眺めた。大きなトレイにいくつもの料理とグラスをのせて肩の上で器用にそれを掲げ、サーブする際には必ず客に何か声をかける、陽気で小柄なインディオのウエイター達。

インディオが嫌いなんですか？

「オレは本当は博愛主義者なんだ、それも、自分でイヤになるくらいのヒューマニストなんだ、世界の人々にはみんな幸福になって欲しいと思う、だが、好き嫌いだけはどうしようもない、オレは彼らが嫌いだ、モンゴロイドだけど、何か全体的に丸い感じがするだろう？　おだやかっていうより、とろい感じがする、大人しくて、ずるい草食動物みたいだ、キューバは違うよ、スペイン人が来て早い時期にインディオは苛酷な労働と天然痘で全滅してしまったんだよ、だからキューバにいるのはナイジェリア、コンゴ系の黒人奴隷の子孫達と、ガジェゴと呼ばれるスペイン人の末裔と、その混血児達だ、強いよ」

でもアステカの頃はみな戦士だったんでしょう？

「どうなんだろうな、モンゴロイドはコロコロ変わるのかも知れないね、ホー・チ・ミンとかクメール・ルージュがいた頃のベトコンやカンボジア人はいい顔をしていたよね、もちろんオレはテレビのドキュメンタリーとかニュースでしか見たことはないんだけどさ、それで見る人間の思い入れがほとんどなんだろうけど、とても精神的な顔をしていた記憶があるな」

精神的な顔ってよく言いますけど、どんな顔なんでしょうね、

間違いなくわたしのテンションは上がっている。ニューヨークにいる時よりも何倍かお喋りになっている。白ワインが気分を高揚させているわけではない。高揚した気分が喉に白ワインを呼び寄せているのだ。ヤザキの顔の向こう側の海の色は今までにわたしが見てきたものと違う。わたしの知っている海は紺色かブルーだった。今、見えている海はもっと透明で、まるで平べったく巨大な宝石のようだ。だがもちろんわたしはその海によって気分を高揚させているわけではない。

わたしの質問にヤザキはすぐに答えた。

「意志が顔に表われている顔だよ」

ホテル・クラークがテーブルまでやって来て、荷物は部屋にすべて運んであります、と告げ、キーを置いていった。白ワインを一本空けたわたし達は、鳥が遊ぶ淡水の池にかかった長く細い橋を渡って客室のある建物まで歩き、コンシェルジュのデスクだけがポツンとある広いロビーでエレベーターに乗って、その部屋に入った。

すごい、わたしは声を上げて、ベランダまで部屋を横切った。ベランダはニューヨークのわたしのアパートの部屋よりもはるかに広く、緑色の濃い葉をつけた大小の観葉植物が並び、ラタンのソファテーブルが置かれて、右の端にジャグジーがあり、海を百八十度見渡すことができた。

ねえ、ジャグジーに入りたいな、わたしは子供みたいな口調になって、そう言い、横にいたヤザキに抱きついてしまった。ヤザキはそれほど背が高いわけではないので、彼の顔はすぐ傍にあった。キスをして欲しいと思った瞬間に、ヤザキは右手でわたしの頬に触れ、唇を重ねてきた。唇の先端が触れ合っただけの、本当に軽いキスだった。わたしはもっと別のことを想像していた。床に押し倒されていきなり下着を破かれるとか、ひざまずいてヤザキのズボンのジッパーに顔を近づけるとか、お互いの舌を絡め合うとか、そんなことだ。

だがヤザキのキスはとてもソフトで、優しかった。わたしは、現実とはこういうものだ、という妙な安堵《あんど》感に充ちた納得をした。たとえばものすごい惨状だと聞かされていた戦場カメラマンが実際にその紛争地域に足を踏み入れてみて人々が意外なほどのどかに生活しているのを見るとか、そういう感じかも知れない。

「海を見てみろよ」

わたしとヤザキは、お互いに肩を寄せ、額を窓ガラスにくっつけるようにして、眼下の海を眺めた。ベランダの真下は、U字型にカーブを描いた入江のプライベートビーチだ。ビーチは眩しくて目が痛いほど真白な砂だが、小さな波が寄せる水際から沖にかけては、ところどころに珊瑚礁《さんごしょう》が見える。

「ほら、あそこだよ」

ヤザキが指を差したところに、シュノーケリングをする人間よりひとまわり大きな黒々とした流線型のサメがゆっくりと泳いでいる。わたしは、あっ、と声を出し、知らせなくていいの？　とヤザキに聞いた。

「あのくらいの大きさだと大丈夫だ、それでも近づかない方がいいけどね、人間を襲うのはもっともっと大きなやつなんだが、ただ、あのくらいの大きさのサメがまったく人間を襲わないという保証はないけどな」

わたし達は水着になって、そのプライベートビーチに降りていった。太陽は僅かに水平線の方に傾いているが、ロビーを出てビーチに続くコンクリートの階段は素足では歩けないほど熱かった。フィンやシュノーケルをレンタルしているショップでバスタオルを借りて、ビーチパラソルの下のデッキチェアに横になった。

水着になる時、ノックをして、ヤザキがわたしの部屋を覗いた。わたしはトップのストリングを肩にかけているところだった。あっ、ごめん、とヤザキがそのまま離れようとしたので、わたしはもう一度キスをして貰いたくて、彼に近づいた。ヤザキは露出していた片方の乳首にキスした。早くビーチに行こうって言おうと思っただけなんだ、と言って、信じられないくらい照れた。この男が、とわたしは思った。この男が本当にケイコやレイコというエキセントリックで強い女達と一緒にあらゆるドラッグを使って世界の果てまで行こうとしたのだろうか？　本当にありとあらゆるセックスと麻薬のヴァリエーションを試したのだろうか？　それから別のことも考えた。もっとシンプルなこと。ケイコやレイコはわたしよりも大きくて形のいい乳房をしていたのだろうか、ということ。もちろんそんなことは聞かなかった。彼女達と自分を比べても意味がない、と自分に言い聞かせた。

「泳いでくればいいじゃないか」

トランクス型の水着をつけて、サングラスをかけ、インディオのウエイターにビールを持って来いとスペイン語で命じたヤザキは、肩と肩が触れ合うほど近くにいるわたしにそう言った。

あなたは？

わたしはいつの間にか、ヤザキさん、という呼び方を止めている。

「あとで、少し泳ぐことにする」

じゃあ、わたしもその時に泳ぐわ、
プライベートビーチにはそれほど人がいない。デッキチェアは全部で二十近くあるが、埋まっているのは半分ほどだ。わたしにとって良かったのは、その人々がすべて老人だったことだ。若い女の子はいない。来年三十になるわたしが一番若い。わたしは普通のからだをしているが、それでも何人かの老婦人から軽い嫉妬の目で見られた。

こういうところでは、何を考えるの？

「そうだな、昔のことと、これからのことだな」

思い出してる？　昔のことを？

「回想に沈んでるわけじゃないよ、オレが考えてるのは今夜のディナーのことだ、ダウンタウンに行くとおいしいメキシコ料理が食えるし、ホテル街の中心にあるシーフード・レストランの生ガキやロブスターもおいしい。前に行った時のことを比較して、どっちに行こうかと迷ってたんだ」

今決めなくてはいけないの？

「もちろんそんなことはない」

じゃあ、泳いで、部屋に戻ってシャワーを浴びて、テキーラでも飲んで、それから考えればいいじゃないの、それとも早い時間に予約とか必要なの？

「そうじゃない、でも、今夜のレストランのことを考えてたっていうのは実は嘘なんだ、本当は他のことを考えてた」

わたしは、一瞬迷ったが、思いきって聞いた。

昔、誰とここに泊まったの？

「レイコって女だ」

彼女のことを思い出してた？

レイコはわたしより若くてきれいなんでしょう？　とはさすがに聞けなかった。女優でダンサーなのだから、わたしより美しいに決まっている。

「レイコのことを思い出してたっていうのとは少し違う、もうオレは懐かしがったりしてない、正直に言うと、感傷がないのでそれが不思議なんだ、もっともっと、何ていうのかな、ゆううつになると思っていた」

ゆううつ、

わたしはその言葉を繰り返した。ゆううつってどういうこと？　と尋ねたわけではない。最も気になる言葉だったので、ヤザキから何か聞けるのではないかと思って、単に反復しただけだ。

「うん、ゆううつについてはあのインタビューの時にもうさんざん話したような憶えがあるんだが、レイコのことに関してゆううつになる時のからだの感じは今でももちろんよく憶えているんだ、傷口が乾きかけている時なんかに、彼女の消息を誰かに聞いたりするじゃないか、すると、まず内臓のどこか一つが、心臓の場合もあるけど、ギュッと硬くなってしまって、重くなる、脈が速くなって、その後相手の言うことがまともに聞けなくなる、まずそういう状態がオレはいやなんだ、確実に何かを奪われたような感じになる」

それは誰だって同じだと思うけど、

「みんな同じだからってことはオレの場合何にもプラスには作用しないよ、もう、いい加減にして欲しいと思うんだよ、あいつはパリで何本か映画に出て、そのうちの二本は主演だ、インディペンデントの映画の世界はとても狭いからオレのところにいろんなニュースはすぐ伝わってくる、そういうニュースはオレは誰よりも早く知りたいと思うけどね、言った奴は、オレの反応を見て、あれ？　これは言わない方がよかったかなって顔をするし、言わない方がよかったかなって実際に言う奴もいる、いや言ってくれて助かったよ、とオレは言う、それは強がりじゃなくて本当だ、真実ってもんがあればそれは知りたいんだ、まあ、そういう大げさなもんじゃないね、自分がいずれ少々苦しむことになる情報だけどね、例えば自分のことを好きでいてくれる女の子は、バージンだとは限らないから、過去に、その過去が一時間前か十年前かってことには関係なく、他の男とセックスをしているわけだ、そのセックスを、つい想像したりすることだってある、そしてきっとそのセックスは想像通りか、その想像以上のものなんだ、しちゃいけないんだよ、そういう想像はしてはいけないんだ」

嫉妬が？　とても醜い感情だから？

「うん、それもある、たぶんそれらの、想像とかはみんな嫉妬っていう言葉におさまるんだろうけど、それが何か仕事とか創造のモティベーションになるって人もいる、何かオレはそういうことの全体がひどくイヤなんだ、例えばレイコがドイツの映画に出てその映画がベルリン映画祭ですごい評判になっているとする、オレはまだ喜べないんだよ、大失敗すればよかったのに、と思っていた自分に気付くんだ、いい加減にしてくれと思うよ、そろそろそういうのから解放してくれてもいいだろうってね、でもそんなわけにはいかないんだろうな、犯罪と刑期の関係みたいに時間はちゃんと決められてるんだろうと思うな」

苦しいの？　そういうのが、

「苦しい、受け入れていかなくてはいけないこともわかってる、オレ自身の考えとしては
ホームレスになったことも含めて、オレは決して逃げていないと思っているし、別に、逃
げても恥じゃない、どこにも逃げられないのを知って逃げるのはオレはけっこう好きだか
らな」

でも、今はゆううつじゃないのね？

「ああ、それは君がこうやって傍にいるからだ、君はもちろんレイコの代わりなんかじゃ
ない、それも、レイコの代わりなんかどこにもいないっていう意味で、言ってるわけでも
ない、ゆううつを消すのは、時間だけだと思っていたけど、それは間違いだとわかった」

ゆううつな状態が好きな人もいるけど、

「その方が安心するっていう人達だよね、アウシュビッツではうつ病はなかった、生きの
びた人達は何年後かに発病した、もちろんうつ病と診断されなかったものもあるけどね」

こんなきれいなビーチでうつ病について考えてるのはわたし達だけかも知れないわね、

「こういうところだから話せるんじゃないかな、ゆううつが晴れていく瞬間ってあるじゃ
ないか、ちょっとしたきっかけでさ、朝、起きたらヒバリが鳴いてたとかそういうもんだ
けど、オレはそういうのもよく憶えてるんだ、そういえば今まで考えてなかったけど、ヒ
バリが鳴くとかそういうのはあまり好きじゃないな」

ゆううつが好きってこと？

「ひょっとしたらね、そのゆううつに充実感がある場合には好きなのかも知れない、昔から大きな仕事を終わった時にはそういうのがあった、ゆううつで、充ち足りてるって状態だよ、ただ、オレは誤解をしていただけだっていう気もするんだ、レイコのことについてはね」

誤解？

「他の人間には、人格なんてないと考えていたフシがある」

そう言ってヤザキは笑った。本当に楽しそうに、という笑いではもちろんなく、しようがないからという寂しそうな笑いでもなかった。有名な死刑囚のジョークをわたしは思い出した。絞首台に歩いていきながら、いい天気だな、と言った死刑囚の話。いい天気だな、きょうはいい一日になりそうだ、そう言ってその死刑囚は笑った。そのジョークを考えるたびに、死刑囚がどんな顔をして笑ったのかわからなかった。今は、何となくわかる。

それはひどい話だわね、

「見下していたわけじゃないよ、逆だ、尊敬していたんだよ、偉いなあ、人格がないんだなってね……」

わたし達はそれからしばらくして海に入った。ヤザキはインディオのウエイターにロールパンを三つほど持って来させ、濡れないようにそれをビニールの袋に入れて少しずつ千切って海の中で魚達を集めた。シュノーケルとフィンをつけ、背が立つか立たないかといった深さで、テーブル状に拡がる珊瑚の上で千切ったパンの欠片《かけら》を撒くと、色とりどりの鮮やかな熱帯魚があっという間に集まってくる。君もやってみるか、というようにロールパンを一つヤザキから渡され水の中で千切っていると、ブルーと白の縞《しま》模様で口の細い魚に囲まれ手の指の先を噛まれてパンを奪われた。噛まれるというよりも吸われる感覚だが、わたしはそういう小さな生きものとの接触は初めてだったので非常に興奮した。水面から顔を出し、小さい魚が手を齧《かじ》った、とシュノーケルを外してヤザキに大声で言った。ヤザキの顔の向こう側に夕陽が沈もうとしていて、空気は薄い紫色に染まり、水平線にはピンクのラインが走っている。ヤザキはわたしとは違って、実に上手にパンを千切り、魚達に与える。いたずらをした幼児がテーブルの下に身を隠すように、珊瑚のアゴの下に潜り上に向けて細かく千切ったパンを浮かせる。それこそ何百匹という大小の魚達が群がってくる。初めてわたしは気付いたのだが、より小さい魚ほどからだの色合いが濃くてきれいだ。海を凝縮したような青と、血が外側に流れ出て濡れたまま固まったかのような赤、海底の砂よりも純度の高い白、珊瑚の横で揺れる海草の表面を切り裂いたかのような黄色。だがどうしても大きな魚の方が強く、小さな魚を押しのけてパンの屑《くず》を独占しようとする。ヤザキは海底の砂をまき上げないようにゆっくりと移動して、小さくてきれいな魚達にパンを与えようとしている。海の中で、ヤザキがある一点を指差した。そこには二匹の大きなウツボがいた。ヤザキの太腿よりも太い首と残忍そうな目。フィンの先でしばらくウツボをからかってから、ヤザキはやっと水面に上がってきた。あいつ、オレのフィンを少し齧りやがった、レンタルショップで賠償させられるかも知れないぞ、真剣な顔でそう言った。泳ぎがそううまくないのでできなかったが、彼にキスしたかった。唇や顔だけでなく、ヤザキの全身にキスしたいと思った。

わたし達は陽が沈む前に部屋に引き上げてきて、ジャグジーにお湯が溜まるのを待っている間、ほんの少しマリファナを吸い、テキーラをストレートで呷《あお》ってから、まだ明るいベッドルームでセックスした。ヤザキがどんな変態的で恐ろしいことをするのか熱くなった頭の隅で期待していたが、彼はごく普通に愛撫してインサートし、わたしの腹の上に射精した。射精を見たかったが、こめかみと喉に詰まった熱がしばらくどこにも出て行かなくてわたしは恥ずかしくてたまらず目を開けることができなかった。ヤザキは口移しでテキーラを飲ませてくれて、バスタオルでわたしを包み、ジャグジーに一緒に入った。オルガスムがあったのかどうかわからない。わたしはひどく興奮して、信じられないほどヴァギナは濡れ、しっかりとヤザキに抱きつき、何度も大きな声を出した。ベッドからジャグジーまでリビングルームを横切って歩く時も、背筋を伸ばして堂々と振るまわなきゃと自分では思っていたが、全身の力が抜けていて特に脚に力が入らず、ヤザキにもたれかかってしまった。バスタオルに包《くる》まりからだを支えられて歩く自分をまるでレスキューされる避難民のようだと思った。楕円形のジャグジーは二人がゆったりとからだをのばせる大きさで、ヤザキが入れたジェルがつくる泡からは今までに嗅いだことのないエキゾチックな香りがした。薄荷《はっか》とヴァニラを合わせたような匂い。何か音楽を聞くかい？　とヤザキが言って、わたしは首を振った。このままでいい、と言おうとしたが喉がべとついて声が出ない。シャンペンもあるけど今はビールの方がうまいと思う、ヤザキはワインクーラーからよく冷えたドス・エキスを一本取り出し備え付けのオープナーで栓を開けてわたしに手渡した。わたしは水平線上のピンクのラインがゆっくりとオレンジになり溶けるように海に拡がっていくのを眺めながら喉を鳴らしてビールを飲んだ。ジャグジーの水流がバスジェルの泡をわたし達の顔に飛ばす。わたしは左手でドス・エキスの小瓶を持ち、右手でヤザキの髪についた泡を拭い、彼の耳や首筋や額や唇に何度も何度もキスした。

太陽は水平線に触れたかと思うと、見る間に沈んでいき、やがて空には朝日のオレンジ色から夜の黒までの、光のグラデーションができた。滑らかな表面の光沢を持つ漆黒の夜は、今、空の東半分を被っているに過ぎない。だがそれはまさに生きもののように成長し水平線に向けて拡がろうとしている。夜がそうやって拡がっていくのを眺めるのは初めてのことだった。夜はジャグジーバスのまわりにも闇を漂わせるようになり、それはまだ冷めようとせず逆にふくれ上がるわたし自身の欲望の象徴のようだった。意志で制御できないものがまるでジャグジーの泡のようにひっきりなしに次々に生まれ、全身に拡がって、それがザワザワと騒ぎ始める。わたしはバスタブの中でからだをヤザキと触れ合わせているのだ。ヤザキの左手はわたしのひざの裏側と太腿をそっと撫でている。そんな風に太腿を触られるのは初めてだった。男に触られたことがないわけではない。だが彼らはわたしの目を覗き込んで、好意や満足や要求を伝えるために太腿を愛撫したのだった。それは信号だった。ヤザキは違う。彼はわたしが興奮状態にあり欲情しきっているのを知っている。わたしはさっきからまるで二、三日放って置かれた仔犬のようにヤザキに対して唇と舌を使っているのだ。ヤザキはそういうわたしに対して、反応しているわけではない。よしよし、となだめているわけではないし、ちょっと待ってくれよ、と照れてもいないし、こうやるともっと感じるだろう？　と煽《あお》っているわけでもない。ヤザキは遠くを見つめながら、ゆううつそうな顔で、わたしがすぐ傍にいることを確認しているだけなのだ。人格がないと思っていたフシがある、と彼は言った。偉いなあ、人格がないんだなあ。ひょっとしたらヤザキは正しいのかも知れない。わたしは今必死になり、どうしてこの大してハンサムでもない中年男に関係性における奴隷状態を作りだす能力があるのか考えているところだが、実際奴隷状態に陥っているわたしにそんなことがわかるわけがない。わたしの皮膚の表面と裏側、内臓、細胞のすべてが何かをされたがっているのだ。ドス・エキスはあっという間になくなってしまったが、喉の渇きはひどくなるばかりだ。他の女達はこういう時に、何と言って性行為を要求したのだろう。どんな言葉だろうが同じだ。それはこの世でもっとも恥ずかしい言葉であり、たぶん、「ねえ」で始まるそのダイアローグを始めた瞬間、マゾヒズムの回路ができ上がってしまう。シャンペンを飲むか？　あまりいいやつじゃないけど冷えてるからうまいよ。わたしはうなずいた。ヤザキは手をのばし、もう一つのワインクーラーを引き寄せて、まず細長いグラスをわたしに手渡し、黄色のラベルのヴーヴ・クリコの栓を抜いた。そして、ジャグジーからからだを浮かせ、ワインクーラーやバスタオルやバスジェルや観葉植物が置かれている石造りのスペースに坐った。ちょっと熱いよ、君も注意しないとのぼせちゃうぞ。わたしはヤザキの両腕の間に自分のからだを入れ、泡にまみれた彼のペニスを見た。ねえ、と聞こうとするのを察したヤザキが、上気したわたしの頰にヴーヴ・クリコのボトルの腹を微笑みながらそっと押し当てた。そしてグラスの腹を液体が滑り落ちるようにそっと注いだ。わたしもヤザキに微笑みを返した。あなたが察する通り右手にシャンペンの入った細身のグラスを持ちながら男の股間に潜り込んでフェラチオするタイプの女じゃないかも知れない、という意味の微笑みだった。わたしもジャグジーからからだを浮かせ、ヤザキのとなりに坐った。砂岩をよく磨いた石材の表面は冷たくて気持ちがよかったが、ヴァギナから熱くトロリとしたものが垂れるのがわかった。

わたし達は乾杯し、夕焼けの最後の火事のような光を眺めながらシャンペンを少しずつ飲んだ。わたしは、さっき微笑み合ったことで、逆に大胆に正直になっていた。まだ半分シャンペンが残るグラスを石の上に置き、両腕をヤザキの首と肩と背中に絡ませた。乳首をヤザキの肌にそっと擦《こす》り付けた。ピンクの乳首が硬く尖っていくのを見ながら、わたしは自分がなぜマゾヒズムの回路を拒んだのかがわかるような気がした。それは信じられないことに嫉妬の感情だった。欲情にまみれながらわたしはレイコやケイコのことを考えていたのである。自分は彼女達ほど快楽を提供できないのではないか、ヤザキは失望するのではないかと不安だったのだ。ヤザキのペニスを左手で触りながら、そのことを正直に言った。何てことを言うんだ、とヤザキは笑った。おれ達は今こうやって一緒にいるんだぞ、触り合ってるわけじゃないか、肌と肌を触れ合わせているのはオレと君なんだ、他の誰でもない、誓って言うがオレはこんな時に今はいない女のことを思ったりしない、もっと言うとだな、君のおかげでこういう偉そうなことが言えるようになったんだ。わたしはヤザキにもっと喋らせることにした。彼が今まで決して話さなかったこと、彼女達との直接的なセックスについて話させた。いやだ、と最初彼は話そうとしなかったが、ペニスを指で上手に愛撫しながらわたしは告白を強制した。性欲を煽ってちょうだいと言ってるわけじゃないの、今だったら聞けると思うから言ってるの、たぶんあしたの朝はあなたが聞いてくれと言ってももう聞くことができないと思うわ。ヤザキのペニスはわたしの指の間で熱く硬くなった。わたしは泡をすくって先端や根元に塗り、すべらすようにしながら彼の話を聞いた。あいつらに関して言うと定番となっていたのはまずアイマスクだった、目隠しだ、それがないと何もできないってことじゃなくて、あった方が便利だっただけさ、二人をパンティ一枚の格好にして椅子に坐らせて手と足を軽く縛った、二人に敬意を表するとか何とかわけのわからないことを言ってエルメスのネクタイで縛ったりしてたよ、エルメスのネクタイが唾液とか汗とかヴァギナからの分泌液でドロドロに汚れていくのが妙に楽しかったのを憶えてるな、二人は足を大きく開いて濡らすのを競い合うんだ、パンティに楕円形のシミを先につくった方が勝ちでオレとあらゆることを楽しむことができる、あらゆることだよ、負けた方はその様子を縛られたままで眺めてなきゃならない、ただ、負けるのはレイコだと決まっていた、先に濡れても目隠しをしてちゃ自分じゃわからないわけだから、何てお前はいやらしいんだって頰を二、三発張ってケイコの方を必ず勝ちにしてた、ケイコの前でレイコとセックスしたことはない、逆はあるけどな、うんと後になって、オレがホームレスになってからだけど、ケイコがあきれてたよ、ヤザキさんバカじゃないの、じゃあ本当にレイコちゃんとあたしがあんなことを楽しんでたと思ってたの？　レイコちゃんはいつもプレイを終えて帰る時にこんなことはもう死んでもいやだってエンエン泣いてたのよ、あたしだっていやだったわよ、二人きりであなたとするのは何にも増して好きだったけどね、それにしてもあたし達があれを喜んでたっていうのはおめでたいわね、あたしはあなたがわたし達から殺されかねないくらい憎まれてもオレの欲望なんだから許されるくらいの覚悟でやってたと思ってたわ、とんだ茶番じゃないの、だからレイコみたいな真性マゾ娘に傷つけられてヒーヒー泣くはめになったのよ、ケイコはいつも正しいんだ、そういうことの後レイコ一人とずっと付き合うようになってからレイコは何にも言わなかったけどな。わたしはペニスの先端にキスしながら、さらに具体的な告白を促した。彼女達の、オルガスムについて。レイコはとにかくどこを何で触ってもいったよ、クリトリスでもヴァギナでもアナルでも、指でも舌でもペニスでもとにかく数秒でいった、ケイコはヴァギナの中の背中側の一点で感じるタイプだったので背後から少し上向きに突き上げるとたいていそれでいった、そのやり方は姿勢もかなり屈辱的で刺激的だからね、ただオレの場合、会ってすぐの初期のセックスでは女はほとんどいかない、回路ができるとかそういう意味じゃなくて、どこが感じるか何回か試してみないとわからないんだ。わたしはヤザキにリクエストした。今、ここでわたしをいかせてくれるように、とリクエストをした。君がこの方法でいくかどうかわからないが今まで誰にも試していないやり方があるんだ、それにしてもここじゃだめだ、石の上なんかだとお尻が痛くなってオルガスムどころじゃない。

わたし達はお互いのからだをバスタオルで軽く拭ってベッドルームへ行った。部屋は薄暗かった。わたしは仰向《あおむ》けになってヤザキから両脚を大きく拡げられた。ヤザキはわたしの足首を持って、産婦人科の検診よりも大きく左右に開き、わたしの背骨の下あたりに彼のひざを滑り込ませた。わたしは何度も目を開いてヤザキと自分を見ようと思ったができなかった。やがてヤザキのリクエストでわたしはそのままの姿勢でオナニーを始めた。左手でも右手でもいい、とヤザキは言った。自分のやり方で指でオナニーをするんだ、恥ずかしかったらオレも目をつぶるよ。わたしは右手の人差し指の腹でクリトリスの両脇と、その僅かに上の皮の部分をこすった。最初ゆっくりと揉むようにして、足の甲の神経が少し痺《しび》れてきたら指を小刻みに震わせるようにする。自分一人で勝手にいかないでくれ、そう言ってヤザキがペニスの先端だけをインサートしてきた時、ヴァギナからあふれる分泌液が一瞬沸騰したような気がした。お尻、と漠然と呼ぶ部分が正確にはどこからどこまでなのか、分泌液が熱くなった時に、わかった。意識とはまったく無関係にインサートの瞬間震えてしまった肉が「お尻」なのだ。お尻の肉が揺れるのがわかる。ヤザキのせいではない。ヤザキはまだ完全にインサートしていなくて、それがひどくもどかしくて、お尻の肉が勝手に揺れているのだ。何度も、欲しい、と叫んでいるのが他人の声のように聞こえた。いく時にはいくってきちんと言ってくれるって約束してくれなきゃいやなんだ、いきそうになったらそう言って欲しい。首筋や胸元や腋の下ではなくお尻の表面から汗がにじむのがわかった。なぜお尻から汗が出るのかわからない、こんなことは初めてだと思いながら、顎を震わせるようにしてヤザキの言葉に必死にうなずいたが、もう既にすぐにいきそうになっていたので困った。全部インサートされたら、耐えられないかも知れない。入れた瞬間に小さなオルガスムが来てしまうことがよくあるんだ、必ず我慢してくれ、オレがゆっくりと動かすまでがまんするんだ、ヤザキはそう言いながらペニスを全部インサートしてきた。オルガスムの波を脳で拒むと、お尻だけではなくからだのあちこちの肉がわたしから離れていく感じになった。意識がからだからはっきりと際立つ感じで、少し恐くなり、何かヤザキに言った。何と言ったのか、声帯が震えた〇・一秒後には忘れた。恐い、と言ったのかも知れないし、いやだ、と言ったような気もする。いきそうか？　とヤザキが聞いて、わたしは何度も何度もうなずいたが、揺れている顎が誰のものかわからなくなって、不安がよりシリアスになり、無意識に目が少し開いてしまった。ヤザキの顔が目に入った時またヴァギナがけいれんしそうになり、視線を自分の足にすぐに移した。自分の足を見た時、このことを決してわたしは忘れないだろう、と思った。足は、ヤザキに足首を握られているせいもあるのだが、拷問や刑罰で切断されてまるで宙に吊り下げられているように見えた。中近東のバザールの屋台の上で鉄のフックにぶら下がっている動物の一部のようだった。足の指は折れ曲がり、ゆっくりと反り返っていって、ペニスの動きでまた悲し気に内側に折れ曲がった。わたしはまたしっかりと目をつぶった。目をつぶっても残像として、切断されて陳列されている足が見えて、その足の細胞が今にもオルガスムを迎えようとしているのがわかった。切り離された肉の一つ一つの細胞が一斉にわたしのところに戻ってきて、ザワザワと震え始めた。わたしはもう耐えられなかった。何度も、しかもここ何年か出したことのない大声で、考えられる限りもっとも恥ずかしく下品な言葉を選んでお尻の肉を揺らしながら、ヤザキに、いくのを許可してくれるように訴えた。わかった、とヤザキは言った。いったら、オレのことをしっかり抱きしめてくれ、この足を離して君にからだを重ねるから背骨が折れるくらい抱きしめて欲しいんだ。自分の肉と細胞が大きく波を打ち、全身が、オルガスムという概念を一瞬のうちに捉えるような感じで、わたしはいった。

そうなんだ、オレはあらゆる海へ行ったよ、二十代の後半の三年間くらいかな、その頃一級の小型船舶の免許を取ったし、もちろんスクーバダイビングのライセンスも持ってた、東ヨーロッパや北アフリカや西アフリカで適当にアンティークの品を仕入れて、結構日本で簡単に売れた、そういうものがまだ珍しかったんだ、ノンキな時代だったよ、いい時代だったなんて絶対に思わないね、過去は常にくそみたいなものだ、過去を美化する奴はくそ以下ということになると思う、今は何ていうか何もないけどよりシビアだ、陸上や水泳のタイムを見てみろよ、単純に速くなってるわけだろ？　何だかんだ言って進化しつつあるんだよ、それで、進化ってやつは決して派手じゃない、恐ろしく寒々しいもんだと思うな、とにかく、オレはアホみたいに南の島ばかり行ってたんだ、最初は八丈島とか沖縄の離れ島とかから始めて、サイパンにもよく通ったし、ハワイの島々からトラックやロタ、テニアン、パラオ、ヤップ、そしてフィジー諸島、ライアテアやボラ・ボラといったタヒチの島、ニューギニア、フィリピン、バリ、ベンガル湾のアンダマン諸島、セイシェル、南ユーゴのリゾート、イタリアや南仏、チュニジア、モロッコのタンジール、南スペイン、ポルトガル、カナリヤ諸島、バハマやジャマイカやバルベイドス、グレイト・バリア・リーフ、ゴールド・コースト、ケアンズといったオーストラリアの海、サンタ・モニカやマリブ、マイアミ、大体行ったんじゃないかな、あ、忘れてた、モルジブとかな、何て言えばいいんだろう、幻想があったんだよ、いつ頃からなのかわからないがオレには海岸できれいな女といちゃつくってことへのコンプレックスがあった、今考えるとたぶんその思いだけで海へ出かけてたんだと思う、コマーシャルフィルムとかで必ず出てくるじゃないか、男と女がきれいなビーチの波打ち際を走ったりするんだよ、からだを焼いたり、ボートに乗ったり、カクテルみたいなやつを飲んだりするんだ、オレはそういうのにひどく憧れてた、それは自分にはあり得ないものやあり得ないことの象徴だったんだ、象徴ってやつは常に幻想で、当然実体がないけどオレはまだそのコンプレックスから自由になっていない、ある快楽をイメージする時それは必ず白い砂のビーチと透明度の高い海なんだ、他にはほとんど人のいないそういうビーチを独占的にきれいな女を連れてオレは散歩している、それがすべてなんだ、もちろん付属するものはあるよ、ワインとかシャンペンとかパスタとかコカインとかそういうものだけど、あくまでもメインはビーチなんだ、誰の小説なのか何という小説なのか忘れたが、ある強大な力を持つ映画のプロデューサーが、ビーチで、老いを実感するってシーンがある、あらゆる権限を持つ大プロデューサーなんだけどね、ある晴れた日にふらりとビーチに来て、十代後半の若い男と女達が波打ち際で水しぶきを上げて楽しんでいるのを見てガク然とするんだ、自分はさまざまな女優をモノにしてきた、だが今の自分はビーチと半裸の若者が象徴するものから決定的に離れてしまって、もう昔に戻ることは絶対にできないってね、そのプロデューサーはビーチが象徴するものによって老いを実感するわけだが、オレは誰でも同じなんだなって思ったよ、誰でもっていうか、ある種類の人間だけどね、言うまでもないことだが白い砂のビーチなんてものはまったくの幻想だ、それは冬の間ほとんど太陽に縁のないヨーロッパ人の憧れをコマーシャリズムがアレンジして上手に増幅したものだよ、熱帯に本当に住んでいる黒人達にはそんな幻想はない、何百回と試したからオレにはよくわかるが熱帯の真夏のビーチには殺人的に強烈な太陽があって快楽もへったくれもない、何らかの防御をしないと本当に死んでしまうことだってある、気持ちよくも何ともない、現地の人々は寿命が縮むと忌み嫌うものだよ、ただ熱帯の冬のビーチにはサムシングがある、冬の方が海の透明度は高いんだ、水温は二十五、六度くらいで、空がカッと晴れている時の、冬のビーチはすばらしいんだ、太陽は暴力的じゃない、何かビーチで簡単な遊びをする、うっすらと汗を掻けるようなやつだよ、そういう目的のためにいろいろなゲームが開発されているよね、L・Aのヴェニス・ビーチには有名なパドル・テニスがあるし、ビーチ・バレーや蹴球に似たボール・キックゲームもあるがその中でもっとも優れている玩具と言えばこれが平凡だがフリスビーなんだ、熱帯の冬のビーチでのフリスビー、これがビーチの快楽の究極だよ、しかもドラッグやセックスやそういうエキセントリックなもので前日の夜を汚していてはだめだ、ドラッグ漬けの朝には、いくら冬の太陽でも悪寒がしてくるものだし、オレはコカインを前日やり過ぎた奴が日光浴をしていて心臓の筋肉がふいにけいれんを起こして死んでしまうのを実際に間近で見たことがあるよ、つまり健康体でなければいけないわけだ、だからフリスビーを楽しむためにその前日はドラッグも激しいセックスも控えて休んでおく必要がある、そしてフリスビーをやる、汗を掻くまでやるんだ、とても仲が良くて、信頼感があって、丸い円盤状のものを追い駆ける姿がとても可愛い女の子が相手でなければいけない、で、汗を掻いて、冷んやりした海に入る、それで内臓が冷えてくるまで波に乗ったりして遊ぶのさ、唇が紫色になる前に、でもペニスはギュンと縮まってしまってるって状態でビーチに戻ってくるんだ、デッキチェアに横になる、眩しいからサングラスをかける、必ずサングラスに髪の毛からの雫《しずく》が垂れて、視界が曇る、サングラスの表面を拭いながら煙草を吸う、この時の煙草は他のあらゆる場合の煙草よりおいしい、煙草っていうのはこういう時に吸うものなんだなって妙に納得してしまうくらいうまいんだよ、煙草を一本吸って揉み消す頃、からだが暖まっていくのを脳がキャッチする、真夏の強烈な光はまるで殴りつけるように表面を焼くが、冬の熱帯の太陽は皮膚を通して柔らかくからだの内部を暖めてくれるんだ、暖められていく内臓が見えるような感じだよ、血液が喜ぶのがわかる、本来的にはビーチの快楽っていうのはそれだけなんだ、あとは本当に下らない、サーフィンもジェットスキーもボードセイリングもスクーバダイビングも本当にさもしい、ものすごく貧しい遊びだ、ビーチの実体っていうのはそういうものだが、さっき言ったある種の人々にとっては象徴として力を持ってしまう、ある種の人々っていうのは、自分が誰からも必要とされていないという実感を成功のモティベーションとしてきた人間達のことでもちろんオレもその一人だが、そういう人間がどんな具合にしてでき上がるのかはっきりしたことはオレにはわからない、トラウマなんて大げさなものじゃないし、たぶん生い立ちじゃなくてその人間の意志に関わることだろうと思う、十代の終わりや二十代の初めには誰にでも強い無力感がある、オレはその無力感が女にもあるのかどうかはわからない、自分が女じゃないからわからないという意味じゃなくて、そのひどい無力感に襲われ囚われ続ける時期に、ほとんど臓器が収縮するような飢えを女に感じてしまう、ビーチの幻想でさえもそこには女が必ず絡んでいる、無数のオスの飢えの信号を受け取っているはずの女が男と同じような無力感を持つのかどうかオレには疑わしいというだけだ、オレの田舎は四国だったが上京してから、周囲にお前は無力だと言われ続けてるんだと心の底から思った、至るところ、あらゆるところでだ、一人で部屋で音楽を聞いている時も、街の雑踏を歩いている時も、横断歩道で信号が青に変わるのを待っている時も、スーパーマーケットのレジの前に並んでいる時も、肌を針で刺されるようにその信号は届いてくるんだ、

お前は無力だ、
お前は無力だ、
お前は無力だ、
お前は無力だ、

オレは中産階級の生まれだが、最低の貧乏人の息子でも、大財閥の息子だろうとたぶんそれは同じだと思う、親から買って貰ったフェラーリに乗ってそれで飢えが消えるような奴は、問題外だ、オレはその切実な無力感がとても大切なものだと言ってるわけじゃないよ、大嫌いだし、若いオスがその無力感と無関係に生きられるんだったらこんなハッピーなことはないと思う、それにそれは無能ということじゃない、逆に無能な奴は自分が無力だってことに絶対に気付けない、気付かない限り、ずっと無力のままでいなければならない、それにその無力感は資本主義国特有のものってわけじゃなくて、生態系のシステムなんだ、若いオスは群れから出なくてはいけない時期があって、その時期の若いオスは絶対的に無力だ、それにもちろんその無力感を抱えたまま生きていくことなんかできない、欲望が突破口になる、白い砂のビーチできれいな女といちゃつくっていうのはその欲望の中でも絵に描いたような典型的なやつだ、無力感から自由になるためには欲望を意識することから始めなければならない、何かにすがるってことは根本的に間違ってるんだ、無力感そのものと向かい合ってその辛い状態を何とかしようとすると何かにすがってしまうからね、欲望にはすがれないじゃないか、欲望っていうのは実現されるべきものだ、欲望の実現のスピードは無力感から自由になっていく速度と比例する、もっともわかりやすい欲望はセックスと麻薬だ、そして良質のセックスと麻薬を手に入れるために必要なのは経済だ、何らかの方法で市場に食い込み、自らの通貨を強いものにしなくてはならない、そういう風にして一握りの男が欲望をしっかりと捉え、無力感から自由になっていく、大多数のそうではないオスは無力感とベタベタ馴れ合う方法を選ぶがオレはそんな人間達には興味がない、連中は本当の奴隷で人類誕生の頃からえんえんと生息しているがどうでもいい存在だ、欲望を捉えて無力感からの自由を得てきた人間は、いつしか自分のことをサディストとして自覚していくが、無力感を支えるものは、お前は誰からも必要とされていないという声だということにもいつか気付く、ただし放って置いても自分を必要としてくる弱い存在はその際無視しなければならないし、自分が誰からか絶対的に必要とされることなんかあり得ないということにも気付いてしまう、さっきの話のビーチで老いと絶望を味わった映画の大プロデューサーだって、要するにそういう当り前のことに気付いただけなんだ、そしてそういうことに気付くのは早ければ早いほどいいんだよ、六十になって絶望しても遅いんだ、体力がないからゆううつの次にやって来る死に対処できない。……ヤザキは雇った運転手付きのヴァンの中でそういうことを喋り続けている。豆と豚ととうもろこしの粉のメキシコ料理を食べラグーンを望むバーでテキーラを二十杯近く飲みよろけながら部屋に戻って来てセックスをしては眠りまた目覚めてはセックスをして午前中の遅い時間に起きてヤザキはヴァンを雇い、アステカの遺跡のある小さな村を目指して出発した。ホテル街を過ぎると、道は急に細くなり、海岸を離れて内陸部に入ると舗装路が途切れて、ヴァンは猛烈な砂埃を上げて激しく揺れるようになった。道の両側に拡がるのは、固く乾燥してひび割れた大地と埃を被《かぶ》ってまるで錆びているように見えるサボテンやその他の短い灌木、そして彼方の頂上に雪が残る高い山々だ。さっきヤザキがその山々の名前を教えてくれたが、スペイン語とも違う変わった語感の固有名詞だったせいもあってすぐに忘れてしまった。ヤザキが信じられないほど饒舌になっているのは、ヴァンの中で吸い始めたコカインのせいだ。ヴァンのドライバーがニヤニヤ笑いながら、車が走り出すとすぐに後ろを振り向いてヤザキに手渡した。ドライバーは前歯が二本欠けた貧相な小男でビクトールとヤザキから呼ばれていたが、わたしはその男がどうしても好きになれなかった。ビクトールはヤザキに対して非常に卑屈な態度で接した。二人は何年も前からの知り合いのようだったが、わたしはスペイン語が理解できないので何を話しているのかはまったくわからなかった。コカインのアルミ製の容器はそれまでわたしが見たことのないものだった。リップスティックほどの銀色の筒の蓋《ふた》に、ヴァージニアスリムの煙草くらいの太さの吸入口が付いている。容器を軽く揺すり、吸入口を鼻の穴に突っ込む。激しく揺れる車の中でもこぼすことなく簡単に白い粉を吸うことができる。ヤザキはまるで一緒に写した記念写真を手渡す時のようなリラックスした感じでわたしの手にコカインの容器を握らせた。「蓋に付いてる小さなレバーを押して二、三回軽く振って、吸う瞬間にはレバーを離すんだ」

わたしは最初どうすべきか迷った。ヤザキの顔と銀色の筒を交互に眺めていると、あ、君はコークはやらないんだったな、とヤザキに言われた。彼を取材した時に吸わなかったのを憶えていたのだ。あ、君はコークはやらないんだったな。ヤザキはごく普通にそう言ったのだが、わたしにはとても冷たく聞こえた。ヤザキがどこか遠くへわたしを一人にしたまま行ってしまうような気がした。わたしに、自分でもうまく説明できない恐怖の感情が生まれた。たぶんヤザキにしてみればどうということもないやりとりだったのだろうが、わたしは違った。どうしてそんなに自意識過剰になっていたのかわからない。テキーラの甘い香りの吐息に包まれたセックスで数え切れないほどオルガスムを迎えたせいだろうと思った。当り前のことだが相手のペニスの形や大きさや性的なテクニックとオルガスムはわたしにとってまったく関係がない。相手を愛しく思う気持ちが自分をリラックスさせ、あらゆる警戒を解いて、からだをその人にゆだねるようになり、オルガスムの芽はそこにしか生まれない。ヤザキはわたしのイメージの何万倍も優しかった。そんなに激しくお尻を振っちゃだめだ、とわたしは何度も言われた。ヴァギナが切れてしまって痛んでしまう、痛んでしまうと朝これができなくなる、朝もこれをしたいだろう？　痛くなってできなくなるのはいやだろう？　そう耳許で囁《ささや》かれてわたしは頬を熱くしながら何度もうなずいた。今までにそんなことはなかった。自分をすべてゆだねることができる男とは付き合ったことがなかった。いつの間にか、わたしは手渡された容器を顔に近づけ鼻に押しつけてコカインを吸っていた。わたしにとって七年振りのコカインだった。

道幅がさらに狭くなり、灌木の数が減って、彼方の山々が近くに見えるようになった頃、ドライバーがニヤニヤ笑いながら長話を始め、それを聞いていたヤザキが不愉快そうな表情になって、ふいに短く怒鳴った。ドライバーは悲鳴に近い声をあげ、すぐに黙って、何度もヤザキに謝罪した。ビクトールというそのドライバーの顔は、白目の部分が黄色く濁り目尻に不気味な切り傷があって、そのために左右の目の大きさが違って見えた。顔が全体的に尖っていて、グリースを塗ったようなテラテラした皮膚には無数の細かい皺があり、口元はひどくだらしなく、安物のスーツからはカビの匂いがしていた。彼は何て言ったの？　わたしはヤザキの太腿に手を置いて聞いた。コカインは血流に乗って全身に回り始めている。懐かしい感覚だ。細胞が意識とは関係なくムズムズしてきて、異物を体内に引きずり込みたくなってくる。

「聞かないほうがいいよ、あまりいい話じゃない」

ヤザキにそう言われて、何か本能的に不吉なものを感じたが、いいから言って、と太腿を強く揺すった。

「この運転手はメキシコ人じゃないんだ、ニカラグア人で、ミチコにもわかるだろうがカタギじゃない、カンクンで六年前に知り合って麻薬を仕入れさせてるが金払いがいいのでオレのことは大事にする、こいつの仲間が汚いビジネスをやってて、それは主に子供だが誘拐してきて殺して臓器を取り出して売るんだ、腎臓が高く売れるらしい、南米は臓器移植の本場だし、最近では若い女も狙われるそうなんだ、で、こいつは仲間から参加しろとずっと言われていてそれはチビチビと麻薬を売るよりずっと金になるらしいんだがそれだけはイヤだと断わり続けてるらしい、切り取った腎臓が特別な培養液の中でどういう具合に見えるかとか気持ちの悪いことばかり言うもんだから怒ったんだよ」

わたしは一瞬自分がどこか砂漠の真中にあるトタン屋根の小屋に連れて行かれてビクトールのような男達に乱暴され最後には殺されるところを細部にわたって想像した。わたしは先端が赤くなっている木の枝の燃えさしを肛門に突っ込まれ、ヴァギナは入れ替わり立ち替わり違う現地人のペニスでこすられる。ヤザキはじっと椅子に腰を掛けてその様子をビデオに収めている。ビデオはアメリカ西海岸の変態達に、腹を裂いて取り出された腎臓は闇ルートで臓器バンクにそれぞれ高く売られる。このヴァンは本当にアステカの遺跡に向かっているのだろうか？

ヤザキはやがて乾燥させたペヨーテをかじり、それをわたしにも勧めた。空はどこまでも青く、ヴァンはしだいに草木が少なくなる未舗装の小道を砂埃を巻き上げながら走り続けている。わたしはペヨーテをかじった。舌がコカインで痺れていて、甘いのか苦いのか味がまったくわからなかった。

解説　村上龍を読む

植島啓司

1

村上龍の『メランコリア』を読んで、まず思い出したことがある。

最近、偶然、精神科医のもとに通う女子大生と知り合った。ただし、その病気の詳細については何も知らない。とりわけ惹かれるところもなく、数回会った後、たまたま朝まで飲む機会を持った。ぼくと彼女以外に四〇代の編集者二名。あえてそういうセッティングをしたわけではない。

そのときにわかったのは、驚くべきことに彼女が絶妙の聞き手だったことである。こちらがいつのまにか饒舌にならざるを得ないような不思議な力が彼女のなかにひそんでいたのだ。彼女の前では誰も黙っていられなくなる。ついつい引き込まれてしまうブラックホールのような魅力。一方的にしゃべる三人の男たち。おとなしく話に聞き入る彼女。それでいて、彼女にはなんともいえぬ存在感があった。

ぼくは仕事柄毎日のようにたくさんの女子大生を相手にしているが、しかし、もし彼女がその中にいたとしても、おそらくまったく目立たなかったことだろう。ぼくの研究室を訪れる女の子たちは、必ず何かしゃべらざるを得ない問題を抱えている。論文のテーマについて質問したり、読むべき参考文献を指示してくれるようにと依頼したり、証明書や推薦状を必要としたり、私生活上のアドバイスを求めたり。

彼女らが何か必要なことをしゃべり、それにぼくがさまざまに反応していく。研究室での応答は、たいていそのように進行していく。ところが、精神科に通う彼女は、自分について話すのが苦手ときている。おそらくセラピストのもとでも、同じように振る舞っているのではないか。それではまじめな患者とはいえない。

しかし、本当のところ、いったい誰が話し手で、誰が聞き手なのか。もしかしたら、本質的には彼女こそセラピストであり、われわれのほうこそクライアントなのではないか。たしかに彼女はこの社会のなかではさまざまな困難を背負っているかもしれない。しかし、それをあえて癒そうとせず、われわれが黙ってクライアントの役割に甘んじれば、つまり、いったん関係が逆転してしまえば、すべてが信じられないぐらいうまくいくのではないか。実際、何もしゃべらない彼女を取り巻く男たちは、彼女がただそこにいるだけで十分に癒されているのである。

なぜそんなことが普段の生活のなかでは見えないのか。なぜ社会に適応しないというだけで、彼女こそ「癒される」必要のある「病人」だとされるのか。それも仕方ないことなのか。たしかに誰もが自分に与えられた役割を全うするのに精一杯だ。他人はすべてわかりやすい記号に還元されればそれでいいのかもしれない。誰も彼女自身の真実を見ようとしない。ただ、与えられた役割から逸脱するとしたら、それを「狂気」のせいにすればいいということなのだろう。

2

このことはＳＭにおいても、事情はまったく同じだ。ＳＭとは対象を変形しようとする欲望である。そして、その欲望は、まさにその目的のために、われわれ自身をも変形する。相手を支配したり、所有したり、屈服させるというのは、そのリスクをすべて自分が負うということでもある。

Ｓの歓びは、あえて言うまでもなく、相手を支配する歓びである。「長い長い告白に登場した他の女達もみな自分の恥、あるいはプライドといったものを意識していて、ある瞬間それを捨てる。他人から暴力で強制されるわけではなく、自らの欲望で捨て去るのだ。そういうことを目のあたりにして自らの力を確認するために、すべてはある」(『エクスタシー』)。ＳＭはきわめてメンタルなものだから、なかなか集中力を維持するのは難しい。ノーマルなセックスよりも厳しい訓練が必要だ。服従するのはまだやさしい。相手を自分の思い通りにすることのほうが難しい。Mの歓びは、完全なる自己喪失、すべてを放棄する歓びだが、Sの歓びは、相手を所有する歓びで、それはMと違って大脳皮質のどこかを経由してぐるぐる回って戻ってくるのだ。半分は覚醒していて、半分は狂気のまま（植島啓司「村上龍とセクシュアリティ」『國文學』平成五年三月号参照）。

一見したところ、まったく正反対のように見えるSとMだが、ヤザキがケイコの足をなめたがったりするように、これも簡単に逆転が可能である。問題はどういう形で錯乱を得るかということだけなのだ。相手の言うがままにされることを選ぶか、相手を思い通りにすることを選ぶか。

そのためにはさまざまなヴァリエーションがある。自分と女との間にMの女を介在させること、自分の女をSの男に与えること、自分とSの男で女を所有すること、Sの男女に自分が翻弄されること、そして、Mの男女を所有すること。こうした組み合わせにはほとんど終わりがない。たった三人で行うにしてもそうなのだ。

ヤザキとケイコとレイコ。いったい三人の間に何が起こったのか。三人のこころはどのように変化していったのか。

3

実際、本書はヤザキの長い独白とそれを聞きながらいつのまにか彼の魅力にとらわれていくミチコの反応とからなっている。二人の関係はまるでセラピストとクライアントの関係に等しい。ヤザキはまったくしゃべる必要のない内容を、まったくしゃべる必然性のないミチコに打ち明ける。これはキリスト教における懺悔や精神科医のセラピーと同じ構図なのだが、どうしてミチコなのか。

お願いしておいてこんなことをお聞きするのは大変失礼なのですが、どうしてわたしのインタビューを受ける気になったのですか？

「傷が、癒えたことを確認したかったからだ」

そう言ってヤザキはぞっとするような表情を見せた。

いったいこの物語は何のためにあるのだろうか。ヤザキはどういう人間なのか。彼の長い独白がとぎれるごとに考えさせられる。しかし、いっこうに彼の正体は分からないままだ。しゃべればしゃべるほどわけがわからなくなる。饒舌にはそれなりの効果がある。

ヤザキのやたらに饒舌な語り口とさまざまに入り組んだ複雑なキャラクター。それが本書を構成しているわけだが、『エクスタシー』や『タナトス』と比べても、彼の性格がとりわけ明らかになったとは思えない。聞き手のミチコは彼を次のように描写する。「……この男からはさまざまな悪の匂いがする、犯罪というわけではなくて、悪だ、嘘や偽善、裏切りと失望、弁解とナルシシズム、利己主義と傲慢さ、いくらでもそういう言葉が出てくるし第一顔もからだ付きもわたしの好みとは程遠い、わたしはそういうことを胸の中で呟き続けたが、内臓のどこかからまるで発酵するように湧き起こってくる欲求を無視できなかった。この敗残者の典型のような、ヤザキという男の情報がフルパワーでドライブしていく時にそのエネルギーを浴びてみたいという欲求だ」（本書四二頁）。

主要なストーリー展開、エピソード、背景、過去の入り組んだ人間関係などが、すべて一人称の独白で、強引とも思えるほどの語りおろしの形式をとって進行する。独白するのはここ（『メランコリア』）ではヤザキだが、『エクスタシー』ではケイコ、『タナトス』ではレイコとなっている。ひとつの「事件」が三人の手によってそれぞれ異なる視点から語られる。それらを読み合わせるとほのかに三人を取り巻いていた人間関係が浮かび上がってくるが、読者の関心は、いつのまにか実際のＳＭプレーよりもそれぞれのこころで起こっていた事柄へと移っていく。

そうやって、いよいよ「コミュニケーションの病い」とでも言えそうな事態にたどりつく。人と人との間のコミュニケーションではない。われわれを成立させている本源としてのコミュニケーションだ。われわれを取り巻いている「ゆううつ」（メランコリア）の原因はどうやらそのあたりにありそうなのだ。

どうにもならない悲劇的な事態というのは、人生のわりと早いうちに経験するに越したことはない。遅ければ遅いほど、致命傷になるからだ。どうにもならない悲劇的な事態――たとえば、両親の離別、死、自分自身の病気、身体的欠損（スティグマ）、社会的ドロップアウト、友人、知人、恋人の裏切り、等々――は、年齢を重ねるうちに、心の負担を軽くしていく。トラウマを残すこともない。

早いうちに経験することによって、逆にトラウマを生じることもあるが、それは往々にして、以後の人生において防御的な役割を果たしてくれる。

それに対して、人生において絶頂を極める経験は遅ければ遅いほどよい。あまり早くに人より飛び抜けた経験をすると、それ以後の人生をほとんど無に等しいものにしてしまう。もしドラッグが人間になんらかの害を及ぼすとしたら、それはたまさかの「絶頂感」を与えてくれるからであろう。ドラッグそのものの物理的影響など、それに比べたら微々たるものだ。

おそらくヤザキの心の底にひそむ「ゆううつ」の原因も、そうしたところにあったのかもしれない。

さて、ぼくはミチコにさきほどの女子大生を重ねてみているわけだが、まったく彼女と同じ意味でミチコも魅力的だ。ヤザキの独白が続けば続くほど、ミチコの存在理由がクローズアップされてくる。なにしろ、あのヤザキがみずからを語るのにふさわしいと選んだ相手なのだから。

女子大生は三十も年上の男を好きになって、現在どうしようもない事態に陥っている。このままではおかしくなるばかり。しかし、では彼なしでうまくいくのかどうか。ミチコもまたヤザキの罠にはまって破滅への道筋をたどっている。もはや引き返すことのできない地点に近づきつつある。しかし、いったい何が救いで何が罠なのか。

ミチコはヤザキによって癒されるのか破滅させられるのか。「……わたしはある映像を思い浮かべてしまった。わたしとヤザキが抱き合っている映像だったが、そこに性的な意味合いはない。着衣のまま抱き合っている。そしてどちらかが救いを求めている。映像の中では二人共無言なのでどちらが助けを求めているのかはわからない。どちらが救っているのかという問いは当然のことながら無意味だ。人間の名で行なわれる救済は、双方向でのみ成立するからだ」（本書一三八頁）。

アステカの遺跡に向かう二人を待ちかまえているものは、いったい何か。果たしてミチコはヤザキにとって特別な存在になりうるのか。それとも、単なる生贄にすぎないのか。ヤザキをめぐる物語はいつまでも終わることがないかのようだ。

（関西大学教授・宗教人類学）

初出誌「小説すばる」
一九九四年四月号〜一九九六年一月号

この作品は一九九六年五月、集英社より刊行されました。

集英社文庫　目録（日本文学）

三好徹	海外駐在員
三好徹	狼たちの戦場
三好徹	密会の夜
三好徹	戦士たちの休息(上)
三好徹	戦士たちの休息(下)
三好徹	生けるものは銀
三好徹	興亡と夢(全五巻)
三好徹	天使シリーズ① 汚れた天使
三好徹	天使シリーズ② 天使の裁き
三好徹	天使シリーズ③ 天使の弔鐘
三好徹	天使シリーズ④ 黒い天使
三好徹	天使シリーズ⑤ 天使とヒ首
三好徹	天使シリーズ⑥ 天使の復讐
三好徹	テロリスト伝説
三好徹	犯罪ストリート
三好徹	戦士の賦(上)(下)
三好徹	青雲を行く(上)(下)
三好徹	愛と死の空路
三好徹	貴族の娘
三好徹	興亡三国志一
三好徹	興亡三国志二
三好徹	興亡三国志三
三好徹	興亡三国志四
三好徹	興亡三国志五
武者小路実篤	友情・初恋
村上政彦	ナイスボール
村上龍	だいじょうぶマイ・フレンド
村上龍	テニスボーイの憂鬱(上)(下)
村上龍	ニューヨーク・シティ・マラソン
村上龍	シナリオ ラッフルズホテル
村上龍	69 sixty nine
村上龍	村上龍料理小説集
村上龍	ラッフルズホテル
村上龍	すべての男は消耗品である
村上龍	コックサッカーブルース
村上龍	龍言飛語
村上龍	エクスタシー
村上龍	昭和歌謡大全集
村上龍	KYOKO
村上龍	はじめての夜 二度目の夜 最後の夜
村上龍	メランコリア
村松友視	男はみんなプロレスラー
村松友視	薔薇のつぼみ
村松友視	野郎どもと女たち
村山由佳	天使の卵 エンジェルス・エッグ
村山由佳	BAD KIDS
村山由佳	もう一度デジャ・ヴ
村山由佳	野生の風

集英社文庫　目録（日本文学）

村山由佳　きみのためにできること
村山由佳　キスまでの距離　おいしいコーヒーのいれ方I
村山由佳　青のフェルマータ
村山由佳　僕らの夏　おいしいコーヒーのいれ方II
群ようこ　トラちゃん
群ようこ　姉の結婚
群ようこ　でも女
群ようこ　トラブルクッキング
タカコ・H・メロジー　やっぱりイタリア
タカコ・H・メロジー　イタリア幸福の12か月
モア・リポート班編　モア・リポート—女たちの生と性—
モア・リポート班編　モア・リポート—新しいセクシュアリティを求めて—
モア・リポート班編　モア・リポートNOW①　性を語る—33人の女性の現実
モア・リポート班編　モア・リポートNOW②　女と男—愛とセックスの関係
モア・リポート班編　モア・リポートNOW③　からだと性の大百科
森詠　オサムの朝（あした）

森枝卓士　森枝卓士のカレー・ノート
森川那智子　みんな、やせることに失敗している
森下典子　デジデリオ　前世への冒険
森須滋郎　食卓12か月
森田功　やぶ医者の一言
森村誠一　魔性ホテル
森村誠一　失われた岩壁
森村誠一　死の軌跡
森村誠一　地屍
森村誠一　社鬼
森村誠一　駅
森村誠一　街
森村誠一　未踏峰(上)(下)
森村誠一　星のふる里
森村誠一　雲海の鯱《しゃち》
森村誠一　うぐいす殺人事件

森村誠一　魔犬
森村誠一　赤い蜂は帰った
森村誠一　吉良忠臣蔵(上)(下)
森村誠一　窓
森村誠一　死刑台の舞踏
森村誠一　凶通項
森村誠一　灯《ともしび》
森鷗外　舞姫
森鷗外　高瀬舟
森雅裕　会津斬鉄風
森瑤子　情事
森瑤子　嫉妬
森瑤子　傷
森瑤子　招かれなかった女たち
森瑤子　熱い風
森瑤子　ジゴロ

集英社文庫　目録（日本文学）

森瑤子　夜光虫
森瑤子　女と男
森瑤子　女ざかりの痛み
森瑤子　家族の肖像
森瑤子　叫ぶ私
森瑤子　カナの結婚
森瑤子・亀海昌次　もう一度、オクラホマミクサを踊ろう
森瑤子　男三昧女三昧
森瑤子　誘われて
森瑤子　ハンサムガールズ
森瑤子　ダブルコンチェルト
森瑤子　消えたミステリー
森瑤子　夜の長い叫び(上)(下)
森瑤子・亀海昌次　六本木サイド・バイ・サイド
森瑤子　垂直の街
森瑤子　四つの恋の物語

森瑤子　シナという名の女
森瑤子　人生の贈り物
森瑤子　森瑤子が遺した愛の美学
森瑤子　森瑤子が遺した結婚の美学
八木原一恵・編訳　封神演義
矢口純　ウイスキー讃歌
矢口純　ワイン・ギャラリー
矢島暎夫　男の子を知る本　まじめなオチンチンの話
柳ジョージ　ランナウェイ
柳澤一博・監修　戦争映画名作選
柳澤一博　歴史は女で作られる　歴史・伝記映画名作選
柳澤一博　知られざる芸術家の肖像　伝記映画を見る
柳澤桂子　愛をこめいのち見つめて
柳澤桂子　意識の進化とDNA
柳田国男　遠野物語
柳田純一　死にかたがわからない

柳瀬義男　ヘボ医のつぶやき
山浦弘靖　火の道連続殺人
山浦弘靖　幻の天都殺人事件
山浦弘靖　旅刑事
山浦弘靖　旅刑事／恋の片道切符
山浦弘靖　阿蘇SL殺人事件
山浦弘靖　殺しのラブ・ソング
山浦弘靖　死のハネムーン
山浦弘靖　見知らぬ乗客
山浦弘靖　卒業旅行
山浦弘靖　同窓会殺人旅行
山浦弘靖　見合いゲーム殺人旅行
山浦弘靖　新・旅刑事霊感ザルと殺人列車
山川健一　綺羅星
山川健一　水晶の夜
山川健一　ロックス

集英社文庫　目録（日本文学）

山川健一　真夏のニール
山川方夫　夏の葬列
山川方夫　安南の王子
山際素男　カーリー女神の戦士
山口　剛　エイズの「真実」
山口　瞳　伝法水滸伝
山口　瞳　礼儀作法入門
山口　瞳　私流頑固主義
山口　瞳　江分利満氏大いに怒る
山口　瞳　谷間の花
山口　瞳　青雲の志について
山口　瞳　どこ吹く風
山口　瞳　木彫りの兎
高橋義孝 山口　瞳　師弟対談＝作法・不作法
山口百恵　蒼い時
山口洋子　悪い男に愛されたい

山口洋子　この人と暮らせたら
山口洋子　トライアングル
山口洋子　バッド・ボーイ
山口洋子　ビューティフル・ウーマン
山口洋子　なぜその人を好きになるか
山口洋子　愛をめぐる冒険
山崎洋子　魔都上海 オリエンタル・トパーズ
山崎洋子　長崎・人魚伝説
山崎洋子　ホテル・ルージュ
山崎洋子　横浜幻燈館 俥屋おりん事件帳
山下洋輔　ドバラダ乱入帖
山田詠美　熱帯安楽椅子
山田詠美　メイク・ミー・シック
山田かまち　17歳のポケット
山田かまち　15歳のポケット
山田かまち　10歳のポケット

山田太一 大林宣彦 内館牧子 選　「カルピス」の忘れられないいい話
山田智彦　新ビジネスマン学
山田智彦　オフィスの日曜日
山田風太郎　不知火軍記
山田風太郎　妖説忠臣蔵
山田風太郎　白波五人帖
山田風太郎　怪異投込寺
山田風太郎　秀吉妖話帖
山田風太郎　天使の復讐 風太郎傑作ミステリー
山田正紀　地球軍独立戦闘隊
山田正紀　吉原螢《ほたる》珠天神
山田正紀　夢と闇の果て
山田正紀　少女と武者人形
山田正紀　超・博物誌
山田洋次　遙かなるわが町(上)(下)
山藤章二　軟派にっぽんの一〇〇人

集英社文庫 目録（日本文学）

山藤章二	イラストエッセイ・パンの耳
山村美紗	鳥獣の寺
山村美紗	目撃者ご一報下さい
山村美紗	京都の祭に人が死ぬ
山村美紗	乳房のない死体
山村美紗	京都旅行殺人事件
山村美紗	妻たちのパスポート
山村美紗	不倫家族殺人事件
山村美紗	京舞妓殺人事件
山村美紗	京都二年坂殺人事件
山村美紗	伊良湖岬の殺人
山村美紗	京都紅葉寺殺人事件
山村美紗	京都貴船川殺人事件
山本藤枝	現代語で読む太平記
山本文緒	あなたには帰る家がある
山本文緒	きらきら星をあげよう
山本文緒	ぼくのパジャマでおやすみ
山本文緒	おひさまのブランケット
山本文緒	シュガーレス・ラヴ
唯川恵	さよならをするために
唯川恵	彼女は恋を我慢できない
唯川恵	OL10年やりました
唯川恵	シフォンの風
唯川恵	キスよりもせつなく
唯川恵	ロンリー・コンプレックス
唯川恵	彼の隣りの席
唯川恵	ただそれだけの片想い
唯川恵	孤独で優しい夜
唯川恵	恋人はいつも不在
結城昌治	罠の中
結城昌治	刑事
結城昌治	噂の女
結城昌治	泥棒
結城昌治	夜は死の匂い
結城昌治	春の悲歌
結城昌治	世界でいちばん優秀なスパイ
結城昌治	魔性の香り
結城昌治	花ことばは沈黙
悠玄亭玉介	幇間（たいこもち）の遺言
尹学準・他	ソウルAtoZ
夢枕獏	怪男児
夢枕獏	格闘漂流・猛き風に告げよ
夢枕獏	仕事師たちの哀歌《エレジー》
夢枕獏	仰天・プロレス和歌集
夢枕獏	仰天・平成元年の空手チョップ
夢枕獏	聖楽堂酔夢譚
夢枕獏	純情漂流
夢枕獏	絢爛たる鷺

集英社文庫

メランコリア

2000年9月25日　第1刷

定価はカバーに表示してあります。

著者　村《むら》上《かみ》龍《りゅう》

発行者　小島民雄

発行所　株式会社　集英社

東京都千代田区一ツ橋2—5—10
〒101-8050

電話　03（3230）6095（編集）
　　　　（3230）6393（販売）
　　　　（3230）6080（制作）

印刷　凸版印刷株式会社

製本　凸版印刷株式会社

ISBN4-08-747237-X C0193